KB033904

제주, 그곳에서 빛난다

제주 하늘 아래 무심코 행복함을 느낄 때

제주,
그곳에서
빛난다

BM 황금부엉이

너무 좋아할 일도
너무 슬퍼할 일도 없다는 걸
느끼게 된다.

꽃이 피고 지듯
우리의 인생도
아름답다가 슬퍼지기도 할 테니까.

Prologue

길 위에 서서

4년째 제주를 연인으로 착각하며 살고 있다. 책을 내겠다는 거창한 계획 같은 건 없었다. 아마 그런 계획이 있었다면 좋은 카메라를 구매해서, 매번 빡빡한 일정으로 정신없이 다녔을 거다. 점점 쌓여가는 제주에서의 시간을 남기고 싶었다. 그때의 시간을 생생하게 기억하는 가장 좋은 방법은 추억을 글로 남기는 게 아닐까.

시간은 흘러가지만 추억은 시들지 않는다. 많은 사람들과 경험을 나누는 수단으로 내가 좋아하는 책을 선택했다. 평범한 직장인이었던 사람이 소심하게 여행을 시작한, 평범하고 시시한 이야기라면 쓸 수 있을 것 같았다. 누구나 할 수 있는 여행 이야기를 하고 싶었다. 관광보다는 심심하고 고독한 여행이라면 더 좋다.

이 책은 여행정보 책자가 아니다. 가이드북도 아니다. 요즘은 SNS를 통해 제주 혹은 여느 여행지에 대해 아는 게 어렵지 않다. 제주의 명소를 소개하기보다는 내가 걸었던 길에서 겪은 경험과 사계절의 풍경, 만났던 사람들의 이야기, 나의 생각으로 채웠다. 그냥 제주가 좋아서 다녔다. 바닷가에 가서 앉아 있고, 오름에 오르고, 드라이브를 하고, 카페에서 책을 보는 그런 일들이 더 이상 여행이 아닌 일상으로 느껴졌다.

나는 용기 있는 사람도 아니고 잔걱정을 달고 사는 걱정부자 소심이였다. 눈 감고도 집과 회사를 오갈 수 있을 정도의 우물 안 개구리 집순이였다. 서른이 넘도록 비행기를 타본 적도 없고 여행은 전혀 못 하고 살았다. 우연한 기회에 큰맘 먹고 떠난 제주에 반해 그때부터 4년째 틈틈이 다니고 있다. 새벽에 출발하는 비행기를 타고 가서 밤늦게 서울로 돌아오는 짧은 여행도 많이 했다. 세상살이에 지칠 대로 지친 30대 직장인이였던 내가 우울의 끝에서 만난 제주는 내 마음의 전부가 되었다고 해도 과언이 아니다. 평생을 내가 오기를 기다려준 듯 아무 말 없이 나를 안아준 제주가 고맙다.

어쩌면 너무 심심해 보일지도 모르는 제주의 작은 마을을 걷던 날부터 오픈카를 타고 해안가를 달리는 날까지 참 다양한 경험을 했고, 그 시간 속에서 분명 나는 여러 변화를 겪었다. 제주만의 분위기를 오래된 골목을 통해 마을 곳곳에 새긴 흔적과 발자취로 담고 싶었다.

그들의 삶이 녹아든 골목을 자주 서성였다. 꼬불꼬불한 길에서 삶의 향기를 맡았다. 과거의 추억과 숨결이 그대로 살아 숨 쉬는 곳이 마을의 골목길이었다. 시간이 느리게 흘러가는 마을, 길이 곧 그림이 되어 감각이 열리고 흠뻑 취하게 되는 곳을 대부분 혼자 걸었다. 시간에 쫓겨 다니는 급한 관광지 여행이 아니라 언제라도 다시 이곳에 올 것이기에 하나씩 천천히 보고 싶었다. '보고 있어도 보고 싶은 그대'라는 노랫말처럼 제주는 늘 보고 있어도 보고 싶었다.

대게 여행은 맑고 화창한 날이 어울리지만 제주는 모든 날이 좋았다. 여행하기에 좋은 계절이 따로 없을 정도로 사계절 모두가 아름답다. 빗소리, 바람소리, 파도소리가 어우러져 운치를 더하고 계절에 따라 날씨에 따라 변하는 아름다운 풍경을 만끽할 수 있었다. 거친 바람의 소용돌이 속에서 한없이 작아지기도 했지만, 제주의 강한 바람에 길들여져 나는 예전보다 단단해졌다.

무언가를 꼭 남겨야 하는 여행보다는 덜어내는 여행을 하려고 했다. 한때 나는 옷이 너무 많아 무슨 옷이 어디에 있는지 도무지 알 수가 없었다. 가진 게 너무 많았다. 그렇게 많이 가져도 행복하지 않았다. 늘 부족하고 마음이 채워지지 않았다. 어차피 소유하는 것은 잠시뿐이었다. 꼭 필요한 게 아닌데 꾸역꾸역 끌어안고 사는 게 얼마나 많은지 모른다. 하다못해 쓰레기통도 너무 많아 버리고 싶다. 버리고 비울수록 남은 것들이 더욱 소중해진다. 중요한 것은 차지하고 있는 게 아니라 누리는 것인데 너무 모르고 살았다. 우리 인생도 덜어내고 단순하게 만들수록 그 가치가 드러나는 게 아닐까.

평생 여행이라고는 모르고 살던 여행무식자가 그래도 제주에서는 혼자서 제법 잘 다녔다. 혼자 여행할 수 있음에 이 나이에도 내 자신이 대견했다. 그렇게 나를 자꾸 부르고 끌어당겨주는 제주가 고마웠다. 그동안 세상이 드넓은 하늘 아래 있다는 것을 잊고 살았다.

자주 다녔으니 제주에 대해 굉장히 많이 알고 있을 것 같지만 아직도 가보지 못한 곳이 많다. 그래서 좋다. 앞으로도 계속 새로운 곳에 갈 수 있을 테니까. 혼자서도 행복하게 여행할 수 있어서 감사하다. 혼자 여행하면 어떠냐고 묻는 이들에게 나는 아무 일도 없고, 아무도 없어도 될 만큼 괜찮다고 말한다. 혼자서는 아무것도 못할 것 같았는데 아무것도 하지 않아도 좋았다. 굳이 남들처럼 여행할 필요는 없다. 나만의 스토리를 만들고 싶다. 제주의 자연이 주는 힘은 모든 아픔을 달래줄 수 있을 만큼 위대했다. 지금 제주는 하루가 다르게 변하고 있다. 더 이상 아름다운 자연이 훼손되지 않기를 바란다.

다른 제주 여행기 책보다 정보는 부족할 수도 있다. 그저 발길 닿는 대로 다니며 보고 느낀 제주의 시간을 함께 공유하고 싶다. 내가 여행한 흔적이 조금이라도 위안이 되기를 바란다.

나의 아름다운 추억 한 조각과 함께
이 책을 읽으며
걷기도 하고 버스를 타기도 하며
여러 번에 나누어 천천히
제주를 둘러봐도 좋겠다.

인적 없는 바다가 주는 느낌은 오묘하다.
가만히 앉아 돌아갈 시간이 됐다고 생각했다.
몸이 움직이질 않았다.

'저 사람도 혼자 왔구나' 하고 힐끔 쳐다보면
살짝 눈빛으로 인사하고 스쳐 지나가는
타인의 미소 하나로 한없이 따뜻해지는 마음,

여행의 소소한 기쁨이다.

차
례

마음껏 외로워질 수 있는 용기,
제주에서는
충분히 가능했다.

1 늘어가는 건 근심, 줄어드는 건 웃음

그해 겨울

처음이라는 설렘, 무엇이 됐든 쉽게 잊지 못한다.
서른이 넘어 난생 처음 비행기를 탔다. 비행기를 타면 어떤 느낌일까 궁금했다. 창피해서 그 누구에게도 물어보지 못했다.

안내방송이 나오자 나도 모르게 몸에 힘이 잔뜩 들어갔다. 눈을 감고 두 손을 모아 잡았다. 귀가 멍해지고 가슴이 두근거릴 때 날아오르기 시작했다. 단 몇 초 만에 하늘에 와 있었다. 완전 신세계. 구름이 내 옆에 있다. 멀리 올려다보기만 했던 구름을 이렇게 바로 옆에서 볼 수 있다니 신기했다. 내 의지와 상관없이 몸이 점점 창문 쪽으로 더 가까이 갔다. 어느새 이마를 창문에 붙이고 겨울 하늘과 구름을 보고 있었다.

이때 스치는 아주 촌스러운 생각.

'사진으로 남겨야지.'

급한 대로 휴대폰을 꺼내 사진을 찍었다.

찰칵 소리에 승무원이 다가왔다.

"고객님, 기내에서는 휴대폰을 사용할 수 없습니다."

이때 스치는 더 촌스러운 생각.

'휴대폰 빼앗아 가는 건가?'

다행히 승무원은 아주 친절하게 마시고 싶은 음료수를 선택하라고 했다.

포도주스와 제주 감귤주스.

제주에 가는데 당연히 감귤주스를 마셔야 한다는 또 한 번의 촌스러운 생각. 감귤주스를 받아들자 몸은 기계처럼 창문으로 붙는다. 육지가 보인다. 작아도 너무 작다. 어릴 적 크레파스로 그렸던 시골길 같다. 그새 꿍음과 함께 몇 번 쿵쿵 거리더니 비행기가 착륙했다.

그때까지 나는 비행기를 한 번도 타본 적 없는 촌년이었다. 태어난 동네에서만 쭉 살았고, 우물 안 개구리처럼 회사와 집만 반복하는 지루한 일상을 보내고 있었다. 제주가 어떤 곳인지 궁금해지기 시작하면서 이 소심쟁이 촌년이 과감하게 제주 여행을 시작했다. 내게는 아주 큰 결심이었다.

공항 앞에 서다

20대 초반, 어린 나이에 결혼한 친구가 신혼여행을 다녀왔을 때 공항이 어떠냐고 물었다. 그만큼 궁금했다. TV에서만 보던 공항은 늘 멋쟁이들이 여행용가방을 끌고 어디론가 훌쩍 떠나는 모습이었다.
"시끄럽고 정신없지 뭐."
친구의 성의 없는 대답이 실망스러워 직접 가보기로 했다.

여행을 떠나기 위함이 아니라 단순히 구경을 위해 공항버스를 탔다. 김포공항을 둘러보고 인천공항까지 공항투어를 끝냈다. 공항만 다녀왔는데 여행을 다녀온 기분이었다. 다른 세계에 다녀온 것 같은 기분, 참 묘했다. 떠나고 돌아오는 많은 사람들이 그저 멋져 보였다. 십여 년이 흐른 지금, 셀 수 없이 다녀본 공항은 여전히 나를 들뜨게 한다. 물론 김포공항과 제주공항 딱 두 곳만 열심히 다녔다. 아직 해외에는 나가보지 못

했다. 이제 일상에서 벗어나 떠난다는 생각에 한 번, 새로운 일상의 시
작이라는 생각에 또 한 번 설레고 즐겁다.

공항은 굳게 닫혀 있던 나를 넓은 세상으로 나아가게 해주는 통로다. 제
주공항은 항상 나를 무장해제시킨다. 다들 내게 왜 제주만 가는지 물었
다. 대답하지 못했다. 그건 나도 아직 모르니까. 언제까지 제주 여행을
할 거냐고 또 묻는다. 제주공항에 도착했을 때 더 이상 설레지 않으면 가
지 않겠다고 했다. 아직 그날이 오지 않았다. 분명 우리나라 땅인데 다
른 풍경과 공기, 나에게 제주는 여전히 새로운 세상이다.

기다림이 지루하지 않고 가끔은 가장 안전한 노숙 공간이 되는 곳,
공항만 한 곳이 없다.

감정불구인 줄 알았는데

어느덧 새로운 것보다 익숙한 것이 편하고 좋은 나이가 됐다. 지루해도 일상의 반복, 오래 만나서 익숙하고 편한 사람들이 좋다. 살면서 점점 감탄할 일이 없다. 크게 웃을 일도 없다. 그렇다고 슬퍼하지도 않는다. 웬만한 일에는 반응하지 않는다. 점점 감정이 굳어간다. "어떻게 그럴 수가 있어." 하며 열을 올리던 일도 "그럴 수도 있지 뭐." 한마디로 상황을 끝내버린다.

한두 번 가봤던 여행지를 다시 방문하면 새로움보다는 편안함이 먼저지만, 수없이 많이 갔던 제주는 익숙함이 생겨도 새로움이 사라지지 않는다. 작정하고 샅샅이 찾아다닌 여행지가 아니라서 그런 걸까? 어차피 금방 또 올 곳이라서 욕심 부리지 않고 한 군데씩 다녀서 그런 건지도 모르겠다.

특히 애월 해안도로는 아무리 자주 봐도 볼 때마다 감탄스럽다. 맑으면 맑은 대로, 흐리면 흐린 대로, 비 내리면 비 내리는 대로 다른 매력을 보여주는 그곳을 지나칠 때면 거기서 벗어날 때까지 밀려드는 감동과 행복에 넋을 잃게 된다. 수많은 해안도로를 지나쳤는데 여기만큼 크게 감동하는 곳이 없었다.

좋으면 좋은 대로 감정을 표현하는 것, 제주에서는 가능했다. 그렇게 자꾸 내 감정을 밖으로 꺼내다 보면 나와의 대화를 시작할 수 있게 된다. 내가 제주에서 얻은 가장 큰 수확이라면 나 자신과의 대화를 처음으로 하게 됐다는 것이다. 있는 그대로의 나를 발견하고 받아들이고 대화할 수 있는 곳, 그곳이 내겐 천국이다. 그래서 나는 자꾸 그곳을 향해 목적도 없이 떠났나 보다.

아무리 흔한 음식도 제주에서 먹으면 다르게 느껴지고, 하루하루가 익숙하면서도 늘 새롭다. 특별한 이유 없이 특별한 곳이다. 해외여행을 많이 다녀본 친구도 결국 제주만 한 곳이 없다고 말한다. 뉴질랜드, 하와이 부럽지 않다고. 가보지 못해서 모르겠지만 한 가지 확실한 건 제주는 비현실적이다. 비행기를 타고 가고 이국적인 풍경이 가득한 해외 같지만 우리 땅이다. 그곳에 도착하는 순간부터 시간이 흐르고 있다는 사실을 잊는다. 걱정, 근심도 모두 함께 잊는다.

'나'만 있을 뿐이다.

이유 없이 그냥

애월을 지나 한림에 위치한 오래된 펜션에 짐을 풀었다. 나가지 않으려고 일부러 바다가 보이는 펜션을 예약했는데 한 바퀴만 돌고 올까 하는 가벼운 마음으로 잠시 외출했다. 목적지 없이 드라이브를 했다. 딱히 가고 싶은 곳이 있어서 제주에 간 것은 아니었다. 종종 그렇듯이 그냥 갔다. 숱하게 많은 날들을 제주에서 그냥 보냈다.

뉴스에서는 제주에 관광객이 넘쳐난다고 했는데 언젠가부터 내가 가는 곳은 사람도 차도 없다. 차는 없어도 신호는 꼬박꼬박 잘 지켰다. 신호에 걸려 잠시 멈추고 주위를 둘러보고 있는데 '차귀도'라는 이정표가 보인다. 뭘까 궁금한 호기심에 차선을 바꿨다. 제주 안에 있는 또 다른 섬인가 보다. 조용하다. 낚시꾼들이 몇 명 보인다. 1970년 말까지는 7가구가 살았지만 지금은 무인도가 됐단다.

지켜줘야 할 것 같은, 때 묻지 않은 순수한 비밀의 섬 같은 차귀도.
천천히 조용히 걸었다. 왠지 아주 작은 것 하나도 훼손하면 안 될 것 같
은 느낌이었다. 길가에서 한치와 오징어를 말리고 있었다. 숙소에 가서
먹을 한치를 사서 차귀도를 나왔다.

펜션으로 돌아가던 길에 날짜를 보니 한림민속오일장이 열리는 날이다.
오일장은 일찍 끝나는 편인데 늦었지만 잠깐 들를 수는 있을 것 같다. 오
일장이 아니면 보기 힘든 옛 물건들을 쭉 구경하고 먹거리를 판매하는
곳으로 갔다. 우도땅콩이 보인다. 한치와 구색을 맞춰야 할 것 같은 의
무감에 땅콩을 샀다. 술은 한 잔도 못 마시면서 안주는 기가 막히게 잘
먹는다. 이제 들어가서 씻고 한치를 씹으며 바다와 대화할 시간이다. 멍
때리는 시간이라는 표현이 더 솔직하겠다.

우리 인생도 수없이 많은 이정표 앞에서 고민하고 결정을 한다. 예상치
못했던 곳으로 잠시 빠질 수도 있다. 앞으로도 우리 앞에 어떤 이정표가

나타날지 아무도 모른다. 결국 가봐야 알 수 있을 것이다. 가봐서 내 길이 아니면 조용히 나와서 다른 길로 가면 된다. 그곳에서 필요한 삶의 지혜를 배울 수도 있을 것이다.

나는 늘 소심하게 겁먹고 새로운 것에 대한 두려움이 컸다. 내 앞에 수많은 이정표가 나타났지만 늘 고민만 하다가 결국 익숙한 길로만 갔다. 가보기도 전에 너무 많은 걱정과 생각으로 항상 같은 곳에만 머물러 있었다. 다른 사람들처럼 더 큰 세상을 여행해보지는 못했지만 이곳 제주에서 조금씩 나의 틀을 벗어나 새롭게 태어나고 있다. 새로움과 익숙함을 모두 받아들이고 직접 행동해보는 것은 분명히 나를 성장시켰다.

나는 제주의 여행자라기보다는 생활자에 가깝다. 여행을 다녀본 경험이 없어서 여행무식자다. 그나마 제주는 일상생활을 하듯이 여행했기에 계속 다닐 수 있었다. 사람들이 붐비는 관광지보다는 작은 마을 골목, 산속의 오솔길을 걷던 날들이 더 행복했다. '여행'을 했던 날보다 '생활'을 했던 날이 더 편안했고 기억에 남는다.

꽃들은 지고

처음 제주에 왔을 때는 준비를 단단히 하고 빼곡하게 계획을 세웠음에
도 불구하고 일정이 순탄치 않았다. 가장 큰 이유 중 하나는 식당의 휴무
였는데, 제주의 가게들은 쉬는 날도 제각각, 이유도 제각각이다. 휴무일
은 아니지만 재료가 없어서 쉰다거나 아직 준비가 안 돼서 천천히 오픈
할 거란다. 그때만 해도 장사하는 사람들이 기본이 안 돼 있는 것 같고,
툭 하면 문을 닫고 일도 안 한다고 투덜거렸다. 내가 걱정해야 하는 일이
아닌데 먹고 살 돈은 벌면서 사는 건지 별 쓸데없는 생각까지 들었다.
'너무 게으르게 사는 거 아니야? 이래 갖고 어떻게 먹고 살지?'

이주해서 살지는 않았지만 꽤 많이 이곳저곳을 다니다 보니 나도 이제
는 이런 제주의 분위기에 적응했나 보다. 지금은 휴무라고 하면 그런가
보다 하고 자연스럽게 다른 곳으로 간다. 그 뒤에 아무 걱정도 생각도 없

다. 익숙하다. 세상이 정해 놓은 대로 사는 것보다 조금 덜 벌고 자신의
방식대로 사는 것이 제주 스타일이다.

공항에서 렌터카를 받아서 바로 서귀포로 향했다. 카레를 먹고 다시 제
주로 올 계획이었다. 가는 날이 장날이라고 카레가게가 휴무다. 그때만
해도 서귀포는 잘 몰랐을 때라서 어디로 가야 할지 결정하지 못하고 한
참을 차 안에서 보냈다. 그러다가 그냥 서귀포나 한 바퀴 돌아보자는 마
음으로 드라이브를 시작했고 어딘지 모를 곳에 차를 세웠다.

내 눈을 의심할 만큼 새빨간 꽃들이 피어 있었다.
한겨울에 이렇게 선명하고 예쁘게 피어 있는 꽃은 내가 사는 동네에서
는 흔히 볼 수 없다. 내가 동백꽃을 처음 보는 건 아닐 텐데, 왜 이 꽃 한
송이에 넋을 잃었는지 모르겠다. 혹독한 겨울을 이겨내고 눈과 추위 속
에서 꽃을 피우기에 겨울 꽃의 여왕이라고 불리는 동백꽃은 흡사 제주
의 해녀들 같다는 생각이 들었다. 추위와 거친 파도 속에서도 부지런히
자신들의 일을 하는 생활력 강해 보이는 제주의 여인들은 뜨겁게 활짝
핀 동백꽃만큼이나 아름다운 제주의 상징이다.

제주의 겨울은 바다 빛은 연해지고 새빨간 동백꽃은 더욱 화사하게 피어난다. 육지보다는 따뜻한 제주의 겨울날, 동백꽃을 따라 걸었다. 조금 걸으면서 그곳이 '위미리'라는 것을 알았다. 제주 여행을 준비할 때 어디선가 본 것 같은데, 여기 어디 동백꽃이 군락지를 이루는 곳이 있다고.

생각보다 쉽게 찾아간 그곳에는 500여 그루의 동백나무들이 있었다. 보통 사람 키의 3~4배는 족히 넘을 만큼 크고 울창해서 숲속에 온 느낌이었다. 동백꽃잎이 떨어진 꽃길을 걷는 것도 운치 있다. 동백꽃은 향기가 없다는데 어쩐지 꽃향기가 나는 것도 같다. 그러고 보니 동백꽃에 홀려 끼니도 거르고 있었다. 결국 휴무였던 카레가게 덕분에 내 배는 채우지 못했지만 눈과 마음은 따뜻하게 채워졌다.
잊을 수 없던 겨울날 제주에서의 동백꽃.

봄이 가장 빨리 찾아온다는 제주에서 동백꽃이 버틸 수 있는 시간이 그리 길지 못할 것 같다는 생각이 들었다. 작별인사를 할 새도 없이 후드득 떨어질 것이다. 꽃의 시간은 너무 빠르다. 봉우리를 맺는가 싶으면 어느새 꽃망울을 터뜨리고 본연의 얼굴을 내민다. 아주 잠시 활짝 웃어주고 곧 성숙한다. 찰나의 순간, 금세 시들고 지고 사라진다.

유기견의 운명

모든 책임을 내려놓고 나 자신으로부터도 벗어나고 싶을 때가 있다.

특히 갇혀 있는 직장 안에서 상사의 히스테리를 듣고 있으면 세상이 나를 가만 내버려두지 않는 것만 같다. 사무실 청소는 왜 여자 직원들만 해야 하는지 모르겠다. 나는 분명 '조 대리'로 불리고 있는데 실상은 청소부인 것처럼 느껴진다. 열 번도 넘게 쓰레기 더미를 버리러 오가기를 반복하고 있을 때 엘리베이터에서 만난 사장님은 골프 치고 놀러 갈 생각에 웃고 있었다. 목장갑을 끼고 쓰레기만 치우고 있는 내 자신이 비참하게 느껴졌다. 쓰레기와 함께 사장님도 버리고 싶었다.

'내가 저 인간 놀러 다니게 해주려고 일하는 것도 아니고, 당장 때려치우든가 해야지.' 다른 직원들의 불만 역시 커져가고 회사 분위기는 좋은 날이 거의 없었다. 나는 사장이니까 뭐든지 마음대로 할 수 있다는 사장님 때문이었다. 직원들을 노예 취급하는 사장님은 내가 던진 몇 번의 사직서도 무시한 채 놀러 다니기 바빴다. 도저히 말이 통하지 않아 인간답게 대화하는 것도 포기, 그렇게 내 인생도 포기하고 살았다.

잠시 화장실에 가느라 자리를 비웠던 어느 날, 하필 사장님 기분이 안 좋았었나 보다. 다짜고짜 자리를 비웠다고 소리를 친다. 딱 1분이었다. 그럼 사무실에서 싸야 하나. 도대체 어쩌라는 건지 심한 기분파였던 사장님의 비위를 맞추기가 쉽지 않았다. 그러다가도 기분이 좋은 날에는 모든 일에 지나치게 칭찬을 한다. 낯간지러워서 미치는 줄 알았다. 차라리 욕을 듣는 게 낫다는 생각이 들 정도였다. 직장에서 롱런하려면 회사에서 받은 스트레스를 어떻게 풀어내느냐가 관건이다. 이제 직장생활 10년 차가 넘으니 친구들과의 수다도 날 위로해주지 못한다. 그것도 지친다.

모니터에 두 개의 창을 띄어 놓고 일을 한다. 한 개의 창은 일하는 중간 틈틈이 F5를 눌러야 한다. 일명 새로 고침. 화면이 새롭게 바뀌면 가끔씩 비행기 티켓 가격이 바뀐다. 그나마 회사에서 하루를 버티는 유일한 희망이다. 정말 저렴한 이벤트나 행사 가격의 티켓은 한 장일 경우가 많았다. 혼자 여행하는 사람들에게는 아주 좋은 기회다.
19,900원에 비행기 티켓을 한 장 예매했다. 그 한 장의 티켓이 나를 위로한다. 주말이 되면 나를 위로해주는 제주로 떠날 수 있으니 조금만 참으라고. 서류더미로 어지러운 책상과 꼰대들이 없는 곳으로 아주 잠시라

도 떠나고야 말 것이다. 이번에도 역시 특별한 목적지는 없었다. 확실한
건 이벤트로 구매한 저렴한 비행기 왕복 티켓뿐이었다. 길을 잃으면 그
곳에 새로운 풍경이 있을 테니 그걸로 또 위안이 되리라.

공항에서 가까운 이호테우 해변에 도착했다. 쌍둥이 조랑말 등대가 인
상적인 이곳은 다른 해변보다는 규모가 그리 큰 편은 아니다. 하지만 여
기만의 느낌이 있어서 또 좋다. 제주 야경 감상지로 제격이고, 밤 정취
를 즐기기 위해 많은 사람들이 찾는 곳이기도 하다. 아쉽게도 나는 야경
을 늘 숙소에서만 감상했다. 밤에 해변을 함께 걸을 수 있는 든든하고 감
성적인 남자를 아직 만나지 못했다.

벤치에 앉아서 그냥 바다를 바라보기만 하다가 비행기 시간이 되면 돌
아가도 될 것 같았다. 제주에 있으면 인생이 참 단순해지는 느낌이다.
아무것도 손에 쥔 게 없는데 걱정이 없고 마음은 풍족하다.

어린 연인과 아이들이 조금 보이고 해변은 조용했다. 멍하게 앉아 머릿속을 비워내고 있을 때 개 한 마리가 옆으로 다가왔다. 동물 공포증이 있는 나는 무서웠다. 살짝 피했다. 유기견 같았다. 내가 도망 다니는 곳으로 계속 따라왔다. 이 해변에 짝 없는 사람은 개랑 나 둘뿐이긴 하지만 미안하게도 함께할 수가 없었다. 싫어서가 아니라 무서운 걸 어쩔까. 한참을 개를 피해 해변 여기저기를 걸어 다녔는데 멀리서 보면 흡사 개를 데리고 노는 모습으로 보였을지도 모르겠다.

애정을 구걸하던 개도 지쳤는지 저 멀리 어디론가 떠나고 다시 혼자가 됐다. 어쩌면 내가 외로워 보여서 친구가 되어주려고 다가왔던 건 아닐까 생각하니 조금 미안해지기도 했다. 유기견은 또 누구에게 다가가 친구가 되어 달라고 할까. 함께할 친구를 만나지 못하는 건 아닐까 걱정도 됐다. 난 외롭지 않았다. 적어도 제주에서만큼은 외로워도 좋았고, 오히려 외롭고 싶었던 때도 있었다. 외로움도 친구가 되는 곳이기에 크게 개의치 않는다.

마음껏 외로워질 수 있는 용기, 제주에서는 충분히 가능했다.

바라보다 마주하다

회사를 위해서 상사가 시키는 대로 거짓말을 했다. 어느새 거짓말도 외워버렸다. 기계처럼 술술 나온다. 내 의지와 상관없이 업무의 기술보다 거짓말의 기술이 더 좋아지고 있다. 그렇게 번 돈으로 먹고 살았다. 그렇게 번 돈으로 제주를 다녔다. 찜찜해도 어쩔 수 없는 일이라고 생각했다.

무언가를 위한 거짓말이었으니 선의의 거짓말이라고 스스로를 위로해본다. 나는 무죄다. 시켜서 했을 뿐이다. 이왕 시키는 거 좋은 것 좀 시켜주지, 왜 이런 것만 시키는 건지. 이러고도 회사가 돌아가는 게 신기했다.

제주공항에 도착해서 바로 평대리로 향했다. 언젠가부터 관광지가 아닌 마을을 다니기 시작했다. 혼자 있기에 더없이 좋은 곳, 조용하고 아늑한 마을 평대리.

평대리 바다를 옆에 끼고 한참을 걸었다. 유난히 쓸쓸함이 느껴지는 이
곳의 분위기가 좋다. 가방에 있던 빵 하나 우유 하나를 꺼내 아무 데나
걸터앉아 배를 채웠다. 무거운 마음을 가지고 제주에 갈 때면 딱히 특별
한 뭔가를 정해두고 하지 않는다. 바다가 보이면 차를 세워 그냥 여기저
기 기웃거리다가 바다만 바라보고 앉아 있었다. 내게 좋은 것만 주는 제
주 바다에게 나는 항상 마음의 짐을 떠넘겼다.
미안하고 고맙다.

제주 바다가 내 거라도 된 듯 갑자기 자랑하고 싶어졌다. 앉아 있는 곳에
서 바다를 몇 장 찍어 SNS에 올렸다. 올리자마자 친구들의 댓글이 쉴 새
없이 올라왔다.
"또 제주 갔어? 좋겠다."
"어디 가서 뭐 먹었어? 뭐 했어?"
"거긴 어디야?"

먼저 자랑했으니 예의상 한마디라도 해줘야 할 것 같았다. 물론 다들 실
망하겠지만.

"그냥 걸었어."

예상대로 또 한 번 댓글 올라오는 소리가 들린다.

"거기까지 가서 그냥 걸었어? 시간 아까운데 뭐 하나라도 더 봐야지."

"맛있는 거 먹고 여기저기 열심히 보고 와야지."

휴대폰을 닫았다. SNS와는 맞지 않는 것 같다는 생각이 다시 한 번 스쳤다.

평대리 해변과 마주 앉아 조용히 보낼 수 있는 시간이 좋았다. 옆에서 이
러쿵저러쿵 말 거는 이도 없었고 빨리 가자고 재촉하는 이도 없었다. 누
군가와 함께하는 여행도 좋지만 혼자 다녀보니까 더 편한 건 있더라.

착한 어부의 집

봄에 태어났지만 겨울을 좋아한다. 더위를 많이 타고, 남들보다 추위를 덜 타는 탓에 겨울이 더 편하다. 제주가 좋은 이유 중 하나는 겨울이 오면 제철 방어를 먹을 수 있기 때문이다. 비수기라서 관광객도 적고 바람만 잠잠하면 제주의 겨울은 윗동네보다 꽤 따뜻하다.

제주는 혼자여도 충분히 행복하지만 동행자가 있을 때는 혼자 먹을 수 없던 음식을 맛볼 수 있어 좋다. 특히나 방어회는 혼자서 먹을 수도 없어 누군가를 꼭 데려가고 싶었다. 나만 알고 있는 맛집을 소개해주는 그 별 것 아닌 일의 짜릿함이란. 제주 관광 책이나 인터넷으로는 알려지지 않은 곳이다. 제주 가이드를 하는 분도 몰랐던 진짜 숨겨진 나만의 맛집. 처음 데려가는 사람들 모두 식당의 외관을 보고는 똑같은 말을 했다.

"여기야?"

지나치기 쉬운 길가에 있는 작은 식당은 어부가 직접 바다에서 잡아와 요리하는 자연산 횟집이다. 작고 소박한 분위기에 식사까지 겸하고 있어 동네 주민들이 더 많은 곳이기도 하다. 식당 외관을 보고 아무 기대도 하지 않는 사람들에게 조금만 기다려 보라며 자신 있게 방어회를 주문했다. 갖가지 해산물에 이어 방어회가 등장하고 그때부터 끊임없이 나오는 방어튀김과 반찬, 매운탕까지 넉넉한 인심은 덤이다.

방어회를 먹으면서 초밥을 직접 만들어 먹을 수 있다. 초밥용 밥 위에 고추냉이만 얹어 함께 나오는데, 방금 나온 활어회를 얹어 먹는 거다. 회를 좋아하지 않거나 그냥 먹기 부담스러워 하는 사람들을 위해 사장님께서 만든 메뉴란다. 서민들을 위한 자연산 횟집이라고 자부심이 대단했는데 이유를 들어보니 그럴 만했다.

공항에서 10여 분 정도 가면 이호동 동마을 포구가 있다. 그곳에 사장님의 배가 있고, 포구 위 언덕에 살고 계신다. 매일 배를 타고 직접 바다에 나가서 잡아온 자연산만 취급하는데, 양식을 취급하는 음식점보다 가격이 저렴하다. 가까운 내 이웃, 진짜 서민들이 좋은 음식을 저렴하게 맛볼 수 있도록 해주고 싶다는 마음 따뜻한 어부 사장님이시다. 거기에 전라도에서 오신 주방장님의 음식 솜씨까지 더해져 무엇 하나 부족함이 없다.

항상 같은 인사를 하며 식당을 나온다.
"너무 배불러서 주신 거 다 못 먹고 가요. 다음에 또 올게요."
나만 알고 싶은 곳이었는데 점차 알려지면서 괜히 불안해졌다. 변할까봐, 그러면 내가 실망할까봐. 진짜 별 걱정이다.

맛있는 음식을 먹으면 누군가가 생각난다. 함께 오고 싶고, 맛보게 해주고 싶은 마음. 제주에서는 유독 이곳에 와서 방어회를 먹을 때가 그랬다. 시골집같이 소박한 동네 식당을 다녀봤으면 좋겠다. 적어도 겨울에 제주를 간다면 방어회만큼은 꼭 원 없이 먹어보기를.

진짜 태풍을 만난 후 알았다.

태풍이 지나가면
화창하고 평온한 시간이
찾아온다는 것을.

2   땅에 새긴 흔적

여행의 조건

죽기 전에 꼭 가봐야 할 여행지 리스트는 분명 매력적이다. 결정 장애를 가진 사람들이라면 특히나 도움이 되겠지만 남들이 좋다고 나도 다 좋으리란 법은 없다. 여행을 떠나려면 어디로 갈지 정하는 것부터 시작해서 멋진 경관, 맛있는 음식, 화창한 날씨, 다양한 체험 등 여러 조건들이 충족되어야 한다. 많은 곳을 다녀보지 못했지만 나의 여행 조건은 이제 딱 하나다. 나 자신을 만족시키는 여행이 중요하다.

친구와 함께 제주에 가기로 했다. 친구는 내게 알아서 코스를 계획해서 자기를 데리고 다니라고 했다. 그 말을 그대로 믿은 게 화근이었다. 오랜만에 관광객 모드로 돌아가 제주 여행의 필수코스라고 하는 곳을 우선 데려가야 할 것 같았다. 그래서 오래전이긴 하지만 인기드라마 〈올인〉의 촬영지이자 유명 관광지인 섭지코지를 가기로 했다. 산과 바다, 산책로까지 한 번에 느낄 수 있는 멋진 곳이니 처음 가보는 친구가 당연히 기뻐할 거라고 생각했다. 하지만 내 예상은 처음부터 빗나갔다.

여행을 간다고 한껏 멋을 냈던 친구는 구두를 신고 왔고 섭지코지를 걸어 올라가는 동안 내내 불만을 쏟아냈다. 최대한 기분을 맞춰주려고 이런저런 이야기로 노력했으나 뜻대로 되지 않았다. 설상가상 우리가 도착했을 때 〈올인〉의 드라마세트장과 기념관은 공사 중이어서 구경도 할 수 없었다. 친구의 짜증은 극에 달했고, 나도 더 이상 어떤 말도 할 수 없었다. 죄인이 된 것 같아서 마음이 불편했다.

정상에 올라 아름다운 해안절경을 앞에 두고도 친구는 인상을 잔뜩 찌푸리며 앉아 있었다. 사진을 찍고 얘기를 나누는 다른 사람들 틈에서 괜히 민망했다. 한국인들만큼이나 많았던 외국인 관광객들은 연신 "beautiful!"을 외치며 행복해했다. 늘 듣기 좋았던 파도소리도 이날만큼은 거슬렸다. 혹시나 친구가 파도소리마저 시끄럽다고 하지는 않을까

자꾸 눈치를 보게 됐다. 나중에 결혼해 시누이 다섯을 모시고 와도 이보
다 껄끄럽지는 않겠다 싶었다.

이런 마음 상태로 더 많은 시간을 보내지는 못할 것 같아서 내려가자고
했다. 친구는 역시나 말없이 터벅터벅 따라 내려왔다. 뭐 좀 먹으려고 했
더니 이것도 싫다, 저것도 싫다 하는 친구에게 더 이상 권할 수도 없었
다. 속 시원히 말이라도 해줬으면 좋으련만 친구의 입은 꾹 닫혀 있었다.
찌푸린 미간으로 대신할 뿐이었다. 말 걸지 말라는 뜻으로 느껴졌다.

이번엔 친구가 운전을 하겠다고 했다. 별 생각 없이 그렇게 하라고 맡겼는데 차를 타자마자 후회했다. 친구는 짜증난 마음을 표현할 무언가를 찾고 있었던 거다. 난폭운전으로 아슬아슬하게 운전을 하다가 하마터면 사고가 날 뻔했다. 너무 놀라서 더 이상 친구의 눈치를 볼 수만은 없다. 나도 함께 있는 게 불편함을 넘어 고통스럽게 느껴졌고 그냥 공항으로 가자고 했다.

공항에 도착해서도 날카로워진 마음을 주체 못하던 친구는 렌터카 직원과 또 티격태격했다. 원래 자동차 이곳저곳을 확인하는 게 맞는데 친구는 왜 흠을 잡으려고 하냐며 따졌다. 그 사람에 대해 알고 싶으면 함께 여행을 떠나보라는 말이 생각났다. 여행이라고 말하기도 애매한 당일치기 제주 나들이에서 본 친구의 모습은 다시 생각하기도 싫다. 끔찍하고 창피하다. 친구의 눈치를 보느라 하루 종일 굶었던 나는 공항에서 과자 한 봉지로 끼니를 대신했다.

빵 하나를 먹고 걷기만 해도 편안하고 행복했던 혼자만의 시간이 그리웠다. 마음이 맞지 않는 사람과의 여행은 너무 고통스럽다. 사사건건 불평을 늘어놓고 부정적인 에너지를 보내는 친구와의 여행은 지치기만 했고, 모든 기운을 뺏겨버린 듯 나까지 우울해졌다. 비행기 탑승시간을 기다리던 공항에서의 시간은 어색해서 자리를 피하게 만들었다.

길게만 느껴지던 시간이 지나고 김포공항에 도착했을 때 빗방울이 떨어지기 시작했다. 안도의 한숨이 나왔다. 제주에 있을 때 비가 내렸다면 친구의 불평이 더 심해졌을지도 모른다. 제주에서 보낸 수많은 기억 중 가장 지우고 싶은 날이다. 섭지코지의 풍경만 남기고 싶다.

항공사의 변명

"죄송합니다. 금일 예약하신 김포행 XXXXXX편은 OO시 OO분 →
OO시 OO분으로 지연되었습니다. 지연사유 : 연결편 항공기 지연 도
착. 불편을 드려 대단히 죄송합니다."

워낙 많이 다닌 탓에 심심치 않게 받는 문자다. 물론 이제는 이것도 익숙
해져서 그런가 보다 하고 넘어간다. 바뀐 시간에 맞춰 갔는데 또 지연되
는 경우도 있었다. 같은 이유를 되풀이하며 기다리게 했다. 어쩔 땐 항
공사의 변명으로밖에 들리지 않았다. 안전이 가장 중요하긴 하지만 당
일치기가 많던 내게는 시간약속도 중요했다.

항공사에서 비행시간 지연 문자가 오면 늘 용두암 해안도로에 간다. 공
항 근처에서 시간을 보내는 게 맘이 편하다. 공항과 가깝고 바다가 있고

걷기도 좋고 식당도 많다. 포토존은 이미 해외 관광객들의 필수코스라
서 복잡하지만 벤치에 앉아서 아주 가깝게 바다를 느낄 수 있다. 자연이
만들고 세월이 다듬어 놓은 바위들은 자연 그대로를 간직한 제주의 명
소 중 하나다.

언젠가부터 새똥 때문에 본연의 모습을 조금씩 잃어가고 있었다. 무턱
대고 청소를 하자니 오염될 수 있고, 그렇다고 그냥 놔둘 수만도 없어서
많은 얘기들이 오간 것 같다. 얼마 전 한 예능 프로그램에서 용두암 새똥
치우기를 실시하는 모습을 봤다. 인력으로는 완벽히 청소하는 데 한계
가 있지만 그래도 한결 깨끗해진 모습을 볼 수 있었다. 제주의 명소를 위
해 수고해주신 많은 분들께 감사한 마음이다. 마음의 묵은 때까지 씻겨
내려간 기분이었다.

일부러 온 적은 없었던 이곳의 사진이 내 사진첩에는 꽤 많다. 그만큼 제
주에서 기다림의 시간이 많았다는 얘기일 거다. 어차피 인생은 기다림

의 연속이라는 흔한 말이 있다. 살다 보면 무수히 많은 일을 겪게 되는데, 예고편이 있는 것도 아닌지라 불쑥 찾아오는 일들 앞에서 늘 우왕좌왕했다. 제주의 용두암이 내게는 기다림의 장소였듯이 인생에서도 고비마다 기다릴 수 있는 곳이 있다면 조금 마음 편하게 기다림을 즐길 수 있지 않을까.

사진에는 나의 생각과 느낌을 담을 수 없다. 그래서 기록이 중요하다는 것을 느꼈다. 카메라도 중요하지만 이곳에서는 노트와 연필이 필요했다. 기다리면서 아예 밥을 해결하자는 생각에 여기저기 다녀본 근처 식당도 꽤 많다. 그곳들이 제주 여행 오면 꼭 가봐야 할 맛집 리스트에 있는 식당이라는 것은 한참 지나서 알게 됐다. 나에게는 그저 기다리면서 밥 먹던 식당이 다른 사람들에게는 일부러 찾아오는 곳이라고 생각하니 쓸데없이 으쓱해졌다. 그게 뭐 별거라고.

복잡한 세상에서 한 발짝 물러나 몸과 마음을 편안히 하고 삶의 균형을
찾고 유지하는 일은 중요하다. 그렇게 마음의 평온을 얻고자 하는 나의
조건에 제주는 가장 최적화된 곳이다.

믿고 싶지 않은 진실

무언가를 믿고 신뢰한다는 것이 생각처럼 쉽지 않은 세상이 됐다. 모든 것이 믿을 게 못 된다는 말을 하는 사람도 많다. 믿지 못하는 것과 믿기 싫은 것은 분명 다르다. 특히나 제주의 날씨가 그렇다. 제주 사람들은 기상청의 날씨 예보를 그다지 신뢰하지 않는다고 한다. 제주의 날씨는 하루에도 몇 번씩 바뀌고 동서남북이 제각각이라 기상예보와 다를 때가 많다. 물론 기상청의 예보가 예전만큼 잘 맞지 않는 것은 다른 지역도 마찬가지다. 세상에 100% 확실한 것이 있을까?

사람은 누구나 자기합리화에 갇혀 믿고 싶은 것만 믿게 되는 순간이 있다. 나는 뉴스와 인터넷으로 내가 사는 지역과 제주, 두 지역의 날씨를 수시로 체크한다. 비행기 티켓을 예매하기 전에 주말의 날씨를 시간대별로 체크해서 제주에 갈지 말지를 결정한다. 비가 온다고 해도 이동하는데 큰 무리가 없겠다 싶으면 기상청의 날씨 예보를 믿지 않고 그냥 떠난다. 그러다 큰 코 다친 경험이 있음에도 어떻게든 제주에 가려고 합리화하는 거다.

3년 전 초여름, 주말과 휴일이 이어진 황금연휴가 있었다. 미리 특가로 티켓을 예매했다. 너무 더워지기 전에 제주에서 캠핑을 해보고 싶었다. 제주 밤하늘의 별을 보며 잠들고, 푸른 자연 속에서 맞이하는 아침은 상상만 해도 모든 게 씻겨 내려가는 듯했다. 진정한 자연인으로 지낼 수 있는 기회라고 생각하고 캠핑까지 예약을 끝냈다. 이번엔 자동차가 아닌 스쿠터를 이용하기로 했다. 온몸으로 제주를 느끼고 오려는 계획이었다.

사실 지금껏 살면서 일탈해본 경험이 없어서 내가 할 수 있는 가장 큰 일탈로 생각해낸 것이 스쿠터였다. 서울에서라면 꿈도 못 꾸지만 제주에서는 가능할 것 같았다. 하지만 고기도 먹어본 사람이 먹을 줄 안다고 나의 일탈 계획은 너무나 어설펐다. 스쿠터는 간단한 교육만 받으면 쉽게 대여할 수 있는데, 오후 늦게 도착해서 하마터면 못 탈 뻔했다. 제주의 웬만한 가게들은 일찍 문을 닫는다. 겨우 교육을 마치고 스쿠터로 신나게 달릴 생각에 한껏 들떠 있었다. 그러나 마음처럼 되지 않았다. 긴장했는지 몸에 잔뜩 힘이 들어가 속도를 내지 못했다. 안 그래도 어설픈데 거기에 제주의 바람까지 더해져 눈을 똑바로 뜨기도 쉽지 않아 비틀비틀했다.

결국 기대했던 것처럼 바람을 가르며 신나게 달리지 못하고 더듬더듬 기어가다시피 하며 시내를 지나 작은 마을로 들어섰다. 손이 저리고 몸이 경직돼 잠시 쉬어야 했다. 작고 깨끗한 초등학교에 들러 사진도 찍고 잔디밭에 앉았다. 푸른 잔디가 깔려 있고 상쾌한 공기를 마실 수 있는, 사람 한 명 보이지 않던 초등학교는 어떤 유명 관광지보다 아름다웠다. 도시락을 싸서 놀러 오고 싶은 곳으로 내 마음 속에 찜해둔 나만의 비밀 장소가 또 생겼다.

가을에 다시 오리라 다짐하고 어두워지기 전에 캠핑장으로 또 다시 스쿠터를 타고 이동했다. 영화에서처럼 젊은 청춘들이 스쿠터를 타고 바람을 가르며 신나게 달리는 꿈은 이미 깨졌다. 스쿠터는 두려움의 대상이자 짐이 되었고 일탈의 기분도 느끼지 못했다. 스쿠터의 엄청난 괴성도 무섭고 바람 때문에 눈도 침침하고 흐릿해졌다. 그렇게 시간이 흐르면서 날도 조금씩 어두워지고 있었다.

캠핑장으로 가는 조천읍의 도로는 사방이 울창한 나무와 풀이었고, 숲이 한가득 코끝을 파고드는 것 같은 풀냄새로 가득했다. 그 모든 것들을 제대로 보고 느끼지 못해서 스쿠터가 또 한 번 원망스러웠다. 모든 것이 내 선택이었으니 스쿠터를 버릴 수도 없고 누굴 탓할 수도 없었다.

스쿠터를 모셔 오느라 도착했을 때는 이미 저녁시간이었다. 모든 것이 준비되어 있어 바로 고기를 구워 먹을 수 있던 게 위로가 되었다. 무인매점에서 흑돼지와 숯, 음료수 등 필요한 것을 가지고 왔다. 호수를 적고 무엇을 가져갔는지 쓰면 마지막 날 계산하는 방식이었다. 이렇게 운영하는 게 불안하지는 않을까 사장님께 여쭤봤더니 아직까지 나쁜 손님은 없었고, 혹시 있더라도 어쩔 수 없는 일이라며 그냥 믿는다고 하셨다. 제주에서 내가 만났던 장사하는 분들은 이상할 만큼 욕심이 없고 사람을 잘 믿었다. 의심이 특기인 나로서는 이해가 가지 않았다. 어쨌든 믿어주는 만큼 계산은 확실하게 했다.

미리 준비해온 옥수수콘으로 콘 치즈를 만들고, 흑돼지 구이와 함께 허기진 배를 달랬다. 너무 피곤해서 어떻게 먹었는지 기억이 없다. 몸은 힘들어도 그냥 잠들기 아까운 밤이라 은은한 조명이 빛나고 있는 캠핑장 앞에 나와 앉았다. 다른 사람들도 쉽게 잠들지 못하고 제주의 밤을 만끽하고 있었다. 조금 시끄럽게 해도 인상 찌푸리거나 큰 소리가 나지 않았다. 다들 나름의 즐기는 방식을 이해해주는 듯했다. 역시 제주에 오면 사람이 너그러워진다.

그때 빗방울이 떨어지기 시작했다. 슬픈 예감은 틀린 적이 없다더니. 기상청의 예보가 정확히 맞았다. 이럴 때는 참 잘 맞는 기상예보도 원망스럽다. 밤 늦게부터 제주에 비가 온다는 예보를 봤지만 이번에도 틀릴 수 있다고 생각했다. 믿고 싶지 않았고, 믿지 않았다. 그래서 스쿠터에 캠핑까지 자연을 즐기려는 계획을 세웠다.

비가 내리는 제주의 밤은 운치 있지만 텐트는 눅눅했다. 이러지도 저러지도 못한 채 잠을 이루지도 못했다. 오늘 하루를 돌아보며 역시 걸어야 주변을 둘러볼 수 있고 제대로 느낄 수 있다는 것을 알았다. 일탈도 나름의 철저한 계획이 있어야 가능하다는 것도 느꼈다.

나에게 맞지 않는 것을 무데뽀로 그냥 하는 게 일탈이 아니었다. 무언가를 해보자고 결심하면 근육이 경직되고 긴장감에 사로잡혀 마음처럼 되는 것이 없다. 스쿠터도 힘을 빼고 배운 대로 즐겼다면 몸과 마음이 이렇게 지치고 힘들지는 않았을 거다. 스포츠나 음악에서도 힘을 빼는 게 초보자들에게 가장 어려운 일이라고 한다. 세상 모든 일이 힘을 빼라고 말하는데 나는 말과 행동, 표정 어느 것 하나 힘을 빼고 자연스러운 것이 없다는 생각이 들었다.

지금껏 힘내느라 지쳤으니 이제 힘 좀 빼도 되지 않을까.
모든 운동의 비결이 힘 빼고 긴장 풀기인 것처럼, 인생의 비결도 힘 빼기다. 몸 구석구석 있는 대로 힘을 빼고 강함보다는 부드러움으로, 있는 힘껏 보다는 있는 그대로를 받아들이며 살고 싶다. 완벽하지 않아도 괜찮다. 어차피 이 세상에 완벽함이란 존재하지 않는다.

걱정하지 마

사람도 날씨도 갑자기 변하는 것은 참 여러모로 당혹스럽다.
비가 문제가 아니었다. 이슬 맺힌 나뭇잎과 싱그러운 공기를 마시며 제
주의 아침을 맞이하겠다는 나의 꿈은 산산조각이 났다. 새벽에 우당탕
탕 하는 소리에 놀라 벌떡 일어났다. 캠핑장비와 짐들이 다 무너졌다.
바람소리가 심상치 않았다.

태풍이 오셨다. 여기저기서 뭔가 떨어지고 부서지는 소리에 무서워서 누
워 있을 수가 없었다. 점점 거세지던 태풍은 텐트를 고정시키던 핀들을 다
뽑아버렸다. 그때부터 나는 텐트 안에서 나뒹굴기 시작했다. 텐트는 사정
없이 나를 때렸고 수시로 몸을 구르게 만들었다. 새벽부터 과격한 운동이
시작됐다. 텐트에서 벗어나려면 지퍼를 열어야 하는데 그 난리 속에서 거
기까지 손이 닿을 리가 없었다. 몇 번 손을 뻗어 도전했지만 실패했다.

잠시 태풍이 잠잠해졌다. 재빨리 텐트에서 탈출했다. 나와 보니 신발 한 짝이 없다. 내 신발은 어디로 날아간 건지 보이지 않았다. 캠핑장에 있는 삼색슬리퍼를 빌려 신고 대충 씻었다. 스쿠터를 반납해야 할 시간도 다가오고 한시라도 빨리 여기서 벗어나야 할 것 같았다.

씻고 나와서 텐트 안에 있는 짐을 정리하고 간단히 화장품을 바르고 있었다. 태풍이 잠잠해졌다. 이때다 싶어 재빨리 메이크업을 시작했다. 아무리 아는 사람 하나 없는 제주라도 민낯은 사수해야 한다. 하지만 다시 태풍이 몰아쳤다. 자기는 열심히 일하고 있는데 나 혼자 살겠다고 화장하는 게 언짢았나 보다. 손이 부들부들 떨려 아이라인을 그리려던 손을 눈가에 가져다 댈 수 없었고, 당황하고 급한 마음에 볼터치는 평소보다 과하게 힘이 들어갔다. 그대로 손을 내려놓고 길을 나섰다.

우비를 하나 장만했다. 삼색슬리퍼를 신은 채 태풍이 다시 잠잠해졌을 때 스쿠터를 타고 천천히 이동하기 시작했다. 옆에 사람이 같이 걸으며 대화할 수 있을 정도의 속도였다. 스쿠터는 이미 의미를 잃어버렸다.

어제만 해도 푸른빛으로 가득했던 곳이 흑백세상이 되었다. 내리는 비를 그대로 맞았다. 제주의 자연을 느끼고 싶다던 나의 계획대로 정말 제대로 경험할 수 있었다. 처음 겪어본 제주의 태풍을 자연 속 캠핑장에서 겪다니 두고두고 잊지 못할 것이다. 그 순간은 길지 않았지만 그 뒤에도 여러 가지 문제들이 나를 기다리고 있었다.

결국 애물단지가 된 스쿠터를 겨우 시간에 맞춰 반납했다. 버스를 타고 공항으로 향했다. 관광객으로 꽉 찬 제주공항은 평상시와 다른 분위기였다. 뭔가 느낌이 안 좋았다. 태풍으로 모든 항공기가 결항이었다. 항공사 직원들이 할 수 있는 일이 없는데 직원들에게 항의가 이어졌고, 공항은 노숙하는 사람들로 붐볐다. 빨리 결정을 내려야 한다는 생각이 들었다. 어차피 당일은 비행기가 뜨지 못하고 공항에는 이미 발 디딜 틈도 없었다. 몇몇 게스트하우스에 전화해봤지만 방이 없었다. 시내에 나가서 모텔을 잡을 수밖에. 더 지체하다간 어디에도 방이 없을 것 같아 불안했다.

공항을 빠져나오자 또 다시 태풍이 시작됐다. 바람이 거칠게 불어서 우산은 감히 펴지도 못하고 온몸에 잔뜩 힘을 주며 걸었다. 강한 바람에 발이 땅을 떠나 축지법을 사용하듯 날아서 억지로 뛰다시피 위태위태하게

택시 승강장에 도착했다. 큰 도로변은 주변에서 날아온 돌과 흙, 나무가 뒹굴고 있었다.

택시를 타고 시내에 숙박업소가 있을 만한 곳으로 가달라고 부탁드렸다. 도로에는 한쪽으로 쓰러진 전봇대와 무너진 돌담, 나무들이 뒹굴고 있었다. 여기저기 돌고 돌아 겨우 방을 잡았다. 하루 종일 아무것도 한 일이 없는데 녹초가 됐다. 누가 봐도 큰일을 겪은 듯한 내 몰골을 보자니 어이가 없어 웃음이 나왔다. 어차피 이렇게 된 거 제주에서 하루 더 지낼 수 있게 된 걸로 위안을 삼았다.

씻고 나와 태풍과 항공기 소식을 듣기 위해 평소에 잘 보지 않던 TV를 켰다. 배는 고프지만 나가기는 겁이나 고민하고 있을 때, 모텔 사장님께서 태풍이 잠잠해졌다고는 해도 나가려면 걸어 다니지 말고 차를 타고, 먼 거리는 가지 말라고 하셨다. 공항에 직접 가지 말고 전화로 수시로 확인하는 게 좋고, 웬만하면 실내에서 지내라는 말씀과 함께 컵라면을 하나 주었다. 태풍으로 피난 온 관광객들이 많았는지 사장님의 설명은 막힘없이 깔끔했다.

컵라면에 물을 받아서 다시 방에 들어와 하늘을 올려다봤다. 붉게 물든 저녁 하늘은 언제 태풍이 불었냐는 듯 흔적도 없이 말끔하다 못해 한 폭의 그림 같았다. 처음 만난 태풍으로 제주의 바람이 주는 무서움을 몸서리치게 느꼈다. 제주에서 살려면 바람과 습기를 견뎌야 한다는 말에 백번 공감했다. 온몸을 공격하듯 무섭게 몰아치던 태풍과 쏟아지는 빗속에서 여러 번 넘어졌다. 덕분에 마음에도 몸에도 굳은살이 박였다.

직장생활을 하다 보면 여름날의 태풍 전야처럼 잔잔하고 조용한 날도 있지만, 뜻하지 않게 태풍이 몰아치는 날도 있기 마련이다. 물론 그 태풍이 가뭄에 지친 마른 땅에 시원한 비를 내려주지만, 과하면 피해를 주기도 한다. 직장인 10년차였던 그해 나에게 몰아쳤던 태풍. 하루하루가 전쟁터였고 어떤 선택도 하지 못한 채 휩쓸리듯 살았다. 태풍이 끝나지 않을 것처럼 좌절 속에서 많은 시간을 보냈다.

진짜 태풍을 만난 후 알았다.
태풍이 지나가면 화창하고 평온한 시간이 찾아온다는 것을.
이렇게 제주의 바람은 나를 강하고 단단하게 만들었다.

한라산에 관한 짧은 필름

쓸데없이 도전정신이 불끈 타오를 때가 있다. 평소 나답지 않게 갑자기 대범해지고 '까짓 거 한번 해보지 뭐'라는 생각으로 아주 짧은 순간 용감해진다. 그런 용기로 직장에서 상사에게 당당해지면 좋으련만, 제주에 있을 때만 그런 모습들이 튀어나오곤 했다. 갑자기 스쳐 지나기만 했던 한라산에 오르고 싶었다. 등산해본 적도 없는데 1950m로 가장 높은 산으로 알려진 한라산에 오르겠다니 스스로 생각해도 황당했다. 제주 중앙부에 솟아 있는 한라산은 제주의 전부라고 해도 과언이 아니다. 제주에 그렇게나 많이 다니면서 한라산에 올라보지 않는 건 말도 안 된다고 생각했다.

무식하지만 용감해진 순간이었다. 세상에 만만한 산은 없지만 한라산은 그 존재 자체로 뭔가 거룩한 느낌을 주는, 결코 만만하게 생각할 수 없는 산이다. 비행기 티켓과 게스트하우스를 초스피드로 예약했고, 한라산에 대한 정보와 등산을 다녀온 사람들의 이야기를 많이 읽었다. 그러면서 어느 정도 계획을 세웠다. 영실 코스로 올라서 어리목 코스로 하행하는 코스를 선택했다. 비슷한 듯 다른 청량감을 느낄 수 있는 코스라는 글을 읽었다. 이게 얼마나 힘든 일인지 상상도 못했다. 그저 영실 코스가 탁 트인 시야로 시각적인 효과가 있어서 조금 덜 힘들게 느껴질 수 있다는 한 블로거의 말을 듣고 결정한 것이다. 보는 즐거움이라도 있으면 힘들어도 버틸 수 있을 것 같았다.

매표소에 도착해서 등산로 입구까지는 부담 없이 즐겁게 걸었다. 정식 등반 코스 앞에 서자 갑자기 작아졌다. 꼭 정상에 올라야 하는 건 아니니까 부담 없이 가보자고 스스로를 다독이며 천천히 올랐다. 병풍바위로 향하는 계단은 천국으로 가는 계단이라더니 지옥을 살짝 경험하게 되는 순간이었다. 역시 이상과 현실은 너무 다르다. 초록의 숲은 안개가 잔뜩 끼어 있었다. 계곡물은 시원함을 느끼기에 충분했지만 나는 너무 일찍 지쳤다. 영실 코스는 한라산의 관능미를 느낄 수 있는 코스라고 들었는데, 그 관능미는 남자들만 느낄 수 있는 건가? 나는 점점 작아지고 왜 아무것도 느끼지 못하고 있는지 한심했다. 그저 숨소리만 거칠어질 뿐이었다.

몸이 힘들어지자 아무 생각이 없었다. 그저 묵묵히 오르는 것 외에는 할 수 있는 것도 없었다. 속도가 느렸던 탓에 윗세오름에 도착해서도 주위 풍경을 충분히 즐길 시간도 없이 부지런히 바로 내려가야 했다. 그때부터는 앞에 가는 사람들만 의지한 채 무조건 따라서 걸었다. 두 다리는 이미 후들거렸고 무사히 내려갈 수 있을까 싶은 두려움이 앞섰다. 한 발씩 조심히 내딛으며 겨우 내려왔다. 내려가는 길은 좀 수월하겠지 생각했는데 올라갈 때만큼 힘들었다. 이게 한라산의 가장 짧은 코스라니. 그래도 내 저질체력으로 이 정도 해냈으면 훌륭하다.

평지가 보이기 시작하자 안심이 됐다. 좀 지나친 생각이지만 일단 산에 고립될 일은 없겠구나 싶었다. 10~15분 정도 더 걸어가면 버스정류장이 나온다고 안내를 받았다. 게스트하우스에 가서 빨리 눕고 싶다는 생각뿐이었다. 발바닥이 뜨겁고 더 이상 걷기 힘들어 주저앉아 신발을 벗

었다. 신발 안에서 혹사당한 발은 여기저기 물집이 잡혀 터져 있었다. 도저히 안 되겠다 싶어 택시를 탔다. 평소에는 절대 이용하지 않는 교통수단이 택시였는데, 제주에서는 생각보다 꽤 많이 이용했다. 택시에 타고 몸이 편해지니 이번에는 배가 고파서 견딜 수가 없었다. 게스트하우스에는 간단히 먹을 것밖에 없을 텐데 밥을 먹어야 살 수 있을 것 같았다. 한라산에 올라갔다 왔냐며 다정히 대화를 시도하는 기사님께 밥집을 여쭤봤다.

"기사님, 보통 식사 어디서 하세요? 기사님들이 다니는 식당이 진짜 맛있는 곳이 많다던데 추천 좀 해주세요."
"아가씨, 갈칫국 먹어봤어요? 따뜻한 밥에 갈칫국 먹어봐요."

"갈칫국이요? 생선이요? 그걸 국으로 끓여요? 생각만 해도 비릴 것 같은데요?"

"하하하, 그럴 것 같지요? 생선 좋아하면 아마 갈칫국도 잘 먹을 거예요. 내가 자주 가는 곳에 내려줄 테니 먹어봐요."

친절한 기사님 덕분에 제주 시내 어느 작은 식당 앞까지 편하게 왔다. 들어서자마자 갈칫국을 주문했다.

한라산에서 내려 올 때만 해도 다시는 등산을 하지 않겠다고 생각했는데 몸이 편해지니 다른 생각이 들었다. 다른 코스도 있으니 다른 계절에도 한 번 더 가볼까. 같은 풍경이라도 다른 계절에는 새로운 모습일 것같았다. 특히 봄에는 철쭉꽃이 가득하다는데 봄에 다시 도전해봐야겠다. 한라산의 풍경을 좀 더 많이 눈과 마음에 담을 수 있기를 기대해본다. 그때는 나도 조금은 새로운 모습이기를. 자연이 만들어낸 풍경 앞에서 사람이 할 수 있는 일은 그저 감탄하는 것뿐이지만 사계절의 한라산을 느껴보고 싶다.

추억 나들이

김수영 작가의 《멈추지 마, 다시 꿈부터 써봐》를 읽고 꿈 목록을 작성한 적이 있다. '버킷리스트'라고도 하는 꿈 목록은 많은 사람들이 자신의 꿈을 이루는 데 큰 역할을 한다고 해서 선풍적인 인기였다. 나는 아주 짧게라도 일기는 꾸준히 썼지만 내가 하고 싶은 일에 대해 써본 적은 없었다. 쓰면 이루어진다니 손해 볼 건 없겠다 싶어 작성했었다.

이것저것 써놓고 한동안 잊고 살았다. 쓰고 매일 보면서 실천해야 하는데 생각처럼 되지 않았다. 1~2년의 시간이 흐른 후 다이어리를 정리하다가 내가 썼던 꿈 목록을 읽게 됐는데, 역시 이룬 것이 하나도 없었다. '그럼, 그렇지' 하고 덮으려던 순간 눈에 띈 한 줄.

'봄의 햇살 아래 제주에서 자전거 하이킹하기'

제주에 한 번도 가보지 못했을 때 썼던 거다. 유채꽃밭을 지나 제주 해변을 바라보며 자전거를 타고 제주 바람을 느끼고 싶다던 그때의 꿈. 어차피 제주에 자주 다니고 있었고 그것을 발견했을 때는 3월 초였다. 딱 지금이다 싶어 친구와 다음 주말 비행기 티켓을 예매했다. 이번에는 작정하고 관광객 모드로 사람들이 많은 곳에도 가보기로 했다.

민박을 예매한 후 자전거 대여를 검색했다. 스쿠터를 대여하듯 직접 가서 받는 방법밖에 없는 줄 알았는데 미리 예약하면 날짜와 시간, 장소를 정해서 직접 가져다주는 방법이 있었다. 좋은 자전거 두 대를 예매하고 모든 준비를 끝냈다.

오랜만에 김포공항에서 밥을 먹고 제주행 비행기에 몸을 실었다. 사람들이 웅성웅성 하는 소리가 점점 커졌다. 당일은 화이트데이였다. 항공사의 '좋은 추억 만들기' 이벤트로 남자 승무원들만 탑승했다. 가는 내내 소소한 이벤트로 여성 승객들에게 화장품 팩을 선물로 나눠줬다. 퀴즈를 맞히면 사탕을 주기도 하고 색다른 느낌이었다. 늘 상냥한 여자 승무원들의 목소리만 듣다가 남자 승무원들의 목소리가 들리니 남성 승객들은 아무런 표정 변화가 없었다. 남자 승무원들은 틈틈이 남성 승객들에게 죄송하다고 인사하는 센스도 놓치지 않았다. 한 시간이 어떻게 지났는지 모를 만큼 빨리 흘렀고 내릴 때까지 남자 승무원들의 배웅을 받으며 제주공항에 도착했다.

날이 어두워지기 전에 민박집에 도착해야 했기에 부지런히 시외버스터
미널로 이동했다. 터미널은 한적하고 조용했다. 한쪽에 자리 잡은 어묵
이 눈에 띄었다. 민박집에 들어가면 일찍 자야 했기에 어묵으로 저녁을
대신했다. 단순한 재료로 맛을 낸 어묵 국물은 풍부하진 않지만 어릴 때
먹던 맛이었다. 가끔 옛날 맛을 느끼면 더 많이 먹기도 한다. 추억과 함
께 먹어서 그런 걸까.

어묵으로 배를 채우고 터미널 의자에 앉아 성산 쪽으로 가는 버스를 기
다렸다. 조금 후 도착한 버스에는 우리 외에 단 두 명의 승객만 있었고,

덕분에 조용하게 제주의 밤거리를 감상할 수 있었다. 점점 좁은 길로 들
어가던 버스가 목적지에 도착하자 캄캄한 밤이었다. 낯선 장소인 데다
가 주변에 불빛도 없으니 살짝 겁이 났다. 시계를 보니 밤 9시 32분.
그때 문자가 왔다. 민박집 주인이었다. 잘 찾아오고 있는지 늦은 시간에
오느라 고생이 많다며 도착하면 전화를 달라고 했다. 바로 전화를 걸어
위치를 들으면서 발걸음을 재촉했다. 얼마 지나지 않아 민박집이 보이
자 안도의 한숨이 나왔다. 저렴한 가격에 비해 넓고 깨끗했다. 왠지 자
주 이용하게 될 것 같은 느낌이었다. 민박집에서 성산일출봉이 가까운
것을 확인하고 새벽 일찍 일출을 보러 오르기로 했다.

이른 새벽, 고요한 민박집에서의 꿀잠에서 깨어나 창문을 열었다. 시원
한 새벽공기가 발을 재촉했다. 간단히 씻고 편한 옷차림으로 나가 걷기
시작했다. 작은 가게들과 빈집들을 지나 내가 살고 있는 동네를 산책하
듯 어슬렁어슬렁 걸었다. 2천 원의 행복 입장료를 지불하고 성산일출봉

정상을 향해 부지런히 올랐다. 저 멀리 붉은 해가 뜨기 시작하고 자연스
럽게 시선을 아래로 돌려 보니 한눈에 내려다보이는 속이 탁 트이는 전
경. 옹기종기 붙어 있는 오래된 집들과 나무, 바다, 하늘이 한데 모여 나
에게 빨려 들어오는 듯한 묘한 기운이 느껴졌다.

앞으로 더 열심히 살겠다고 괜히 한번 다짐했다. 왠지 그래야 할 것 같았다. 빠른 속도로 내려가서 밥을 먹는 순간 또 그때의 느낌을 금세 잊었다. 역시 다짐은 맨날 해도 돌아서면 잊는다는 게 함정이다. 오늘은 꼭 사직서를 제출하고 회사에 나가지 않겠다고 수없이 다짐하면서도 늘 자리를 지키고 있는 것처럼.

봄 마중

성산일출봉에서 제주공항까지 약 47km. 제주의 북동쪽. 우리가 선택한 자전거 하이킹 코스였다. 경험이 전혀 없었기 때문에 시간이 얼마나 걸릴지 감이 잡히지 않았다. 그냥 무턱대고 그렇게 달려보자 한 거였다. 달리는 동안 마실 물을 챙겼다. 민박집에서 먹었던 토스트도 하나 더 만들어서 비상식량으로 가방에 넣었고, 삶은 계란까지 만반의 준비를 했다.

이제 민박집 주인께 숙박비를 드려야 하는데 자리에 계시지 않았다. 제주는 이런 경우가 많다. 예약할 때 미리 돈을 받지 않고 후불로 떠날 때 돈을 받는다. 그마저도 달라는 말도 안 한다. 도망가면 어쩌려고 저렇게까지 천하태평인가 하는 생각이 들 정도다. 주인께 전화해서 돈을 두고 가겠다고 했다. 아주 여유 있게 그렇게 하라며 잘 쉬었냐고 물으셨다. 제주 사람들의 이런 여유로움, 정말 닮고 싶다.

드디어 출발하는 순간. 힘차게 자전거 페달을 밟으려 했는데 빗나갔다. 아, 내 다리가 너무 짧은 건가 왜 발이 페달에 닿지 않는 거지? 이렇게 크고 좋은 자전거를 타본 적이 없었다. 페달을 한두 번 밟고 서길 반복하는 나를 지켜보던 친구가 뒤에서 한마디 했다.

"너 혹시 자전거 못 타?"
"응, 나 겁이 많잖아. 원래도 잘 못 타는데 이렇게 큰 자전거는 처음 타봐. 동네에서 타는 여성용 작은 자전거는 탈 수 있는데."
"자전거도 못 타면서 한강에서 자전거를 배우는 것도 아니고 제주에서 자전거 하이킹을 하자고 했어?"
"이왕이면 예쁜 곳에서 배우면 좋잖아. 배우면서 타면 안 될까?"
그때 친구의 표정을 잊을 수가 없다. 아무 대답도 하지 않던 친구는 표정으로 모든 것을 대신하고 있었다. '뭐 이런 게 다 있어? 뭐 하자는 거야?' 친구의 표정은 딱 그랬다.

자전거를 그리 잘 타지도 못하면서 자전거 하이킹이라니 기가 막힐 만도 하다. 그때는 어떻게 그렇게까지 무식하게 계획을 세우고 밀어붙였는지 모르겠다. 그냥 단순하게 제주에서는 가능할지도 모른다는 말도 안 되는 생각이 들었다. 쓰면 이루어진다는 꿈 목록의 힘인지도 모른다. 어쨌든 시작은 했으니 제주공항까지 자전거를 타고 달려야 했다. 친구는 특단의 조취를 취했다.

"내가 뒤따라갈 테니까 앞으로 천천히 가. 뒤에서 보는 게 나을 것 같아.
내가 앞으로 가면 네가 따라오지 못하니까."
"그래, 천천히 따라와."
나는 앞으로 어떤 일이 벌어질지 상상도 못한 채 해맑게 대답하고 출발했다.

비틀거리며 조금씩 페달을 밟고 앞만 보고 달렸다. 무서웠는지 몸에는 힘
이 잔뜩 들어갔다. 얼마 달리지 않아서 갑자기 친구의 감탄사가 들렸다.
"야, 오른쪽 봐봐."
고개를 살짝 돌리자 눈앞에는 끝이 어딘지 모를 정도로 넓게 유채꽃이
가득했다. 봄이 가장 빨리 찾아온다는 제주에서, 봄을 알리는 활짝 핀
유채꽃은 그 무엇보다 화사하고 싱그러웠다. 그냥 지나칠 수 없었다. 이
번에는 천 원의 행복 입장료를 내고 유채꽃밭으로 들어갔다. 저 멀리 보
이는 바다와 유채꽃의 끝이 겹쳤다. 바다 위에 유채꽃이 피었다. 노란색
과 파란색 크레파스로 그린 듯 선명한 봄 바다와 유채꽃의 조화. 아무리
많이 찍어도 사진으로는 온전히 담을 수가 없었다. 이런 장관은 직접 보
고 느껴야 한다는 말만 되풀이했다.

한참 유채꽃에 정신이 팔려 있을 때 시간이 없다며 친구가 재촉했다. 하
긴 내 자전거 실력으로 비행시간에 늦지 않게 공항까지 가려면 부지런
히 가야 했다. 유채꽃밭을 옆에 두고 달리기 시작했다. 조금씩 자전거에
익숙해지며 직진에는 자신감이 붙어 봄바람을 맞으며 신나게 달렸다.
지도를 보며 나름 치밀하게 준비했다고 생각했는데 중간에 길을 잃었다.

이왕 길을 잃은 거 여기서 새로운 길을 찾아 가보지 못한 곳을 다니자고
했다. 그렇게 해서 만나게 된 제주의 북동쪽 작은 마을들은 뜻밖의 선물
이 되었다. 서쪽보다 조금 더 아기자기하고 조용한 마을. 따뜻한 느낌에
푹 빠져 마을 곳곳을 자전거로 누볐다. 자동차로 다녔으면 알지 못했을
작은 골목의 분위기는 내게 새로운 꿈을 갖게 했다. 쉬었다 가자며 길바
닥에 털썩 주저앉아 친구에게 말했다.
"여기에 작은 나만의 공간을 갖고 싶어. 떠나기 싫다."

틈틈이 간식으로 버텼지만 더 이상 허기진 배를 채워줄 비상식량이 없
었다. 일단 달리다가 가장 먼저 보이는 식당에 들어가서 아무거나 먹기
로 했다. 20여 분 달렸을까. 식당 간판을 발견했고 무조건 달려갔다. 자
전거 하이킹을 하고 있다고 말하며 사장님께 음식을 추천해달라고 부탁
드렸다. 이왕이면 든든하게 밥을 먹으라며 우럭튀김을 추천해주셨다.
일단 주문은 했지만 우리는 서로 우럭튀김이 뭐냐며 웃었다.

"맛있겠지, 뭐."

여러 가지 밑반찬과 밥이 나오자마자 우린 며칠을 굶은 사람들처럼 먹기 시작했다. 기대는커녕 별 생각도 없던 우럭튀김에 반해 그 식당은 그 후에도 여러 번 방문할 만큼 단골집이 되었다.

배를 채우고 식당에서 물통도 채우고 다시 달렸다. 배고픔이 사라지니 자전거 실력도 좋아지는 것 같았다. 한참 그렇게 달리다가 친구와 나는 동시에 아무 말도 없이 멈춰 섰다. 말도 안 되는 비현실적인 풍경을 또 만났다. 김녕 성세기 해변이었다. 하얀 모래사장과 바다가 봄 햇살과 함께 반짝반짝 눈부시게 빛나고 있었다. 비행시간이고 뭐고 이런 곳에서는 쉬어줘야 한다며 아무데나 앉아 카메라 셔터를 바쁘게 눌렀다. 한 순간도 놓치고 싶지 않았다. 정신을 뺏겨 한참 그곳에서 놀다 보니 시간을 잊었다. 한눈팔지 말고 무조건 공항까지 달려야 했다.

바람에 내 모자가 날아가면 뒤에서 받고, 내가 지치면 한 손으로 자전거를 타면서 밀어주기까지 한 친구와 함께여서 포기하지 않을 수 있었다. 혼자였다면 쉽게 포기했을 자전거 하이킹을, 함께 힘을 북돋아주고 이끌어주는 친구가 있어서 끝까지 할 수 있었다. 나의 꿈을 위해 기꺼이 동행해준 친구에게 이 자리를 빌려 고맙다고 말하고 싶다. 함께라면 어떤 역경도 헤쳐 나갈 수 있다는 말을 깊게 느껴보지 못했는데 역시 경험해봐야 아는 것 같다.

멀리 가려면 함께 가라는 말, 정답이다.

다시 제주

제주의 맑은 공기에 중독됐다. 친구들이 주말에 연인을 만나듯 나는 제주를 만나러 떠나곤 했다. 그 공기를 마시고 오면 마음이 편해졌다. 특별한 노력을 하지 않는데도 아름다운 풍경 덕에 마음의 크기가 조금씩 넓어지는 것 같았다.

자전거 하이킹을 하며 만난 제주의 북동쪽 마을을 한동안 자주 걸어 다녔다. 내 머릿속에 계속 맴도는 생각 하나가 있었다. 자전거를 타며 친구에게 했던 말이다.
'이곳에 나만의 작은 공간을 갖고 싶다.'
그렇게 된다면 북동쪽 마을이었으면 좋겠다고 생각했다. 천천히 한 곳 한 곳 둘러보고 알아가기로 했다. 구좌읍, 조천읍, 성산읍을 수없이 걸었다. 그렇게 걷고 또 걸어 낯설었던 이곳이 일상이 되었다.

꿈 목록에 '제주에 나만의 공간 마련하기'라는 목록을 추가했다. '이렇게 적어두면 언제가 됐든 되겠지'라는 마음이었는데, 그때부터 더 적극적으로 알아보기 시작한 것 같다. 자유의 공간을 갖고 싶은 마음이 커졌다. 제주에 오면 없던 도전 의식이 자꾸 샘솟고 새롭게 태어날 수 있을 것 같았다. 아직 모르는 게 많아서 구좌읍 세화리에 위치한 작은 부동산을 방문했다. 쭈뼛쭈뼛 다가가 인사를 드리고 부동산 사장님과 대화를 시작했다. 제주에서 내가 부동산에 다니게 될 줄이야. 한 번도 관심 갖지 않았던 분야를, 그것도 아는 사람 하나 없는 제주에서 하게 될 거라고는 상상도 못했다.

일상으로 돌아와서도 인터넷 카페와 여러 커뮤니티를 통해 땅과 집값에 대해 수시로 알아보며 지냈다. 하루 종일 그러고 있다 보니 시간이 금방 흘렀다. 여기저기서 땅을 보러 오라고 연락이 오긴 했지만, 내가 찾는 100~200평대 작은 평수의 땅은 없었다. 제주는 땅 크기가 큰 것들이 많다. 작은 땅을 찾고 있으면 제안이 들어오기도 한다. 여러 명이 함께 사서 분할할 수 있다는 것이다. 모르긴 몰라도 추후에 문제가 생기면 너무 복잡해질 것 같아서 하지 않기로 했다. 직접 보러 오라는 곳이 많아서 주말이면 제주로 날아갔다.

공항에서 그리 멀지 않은 한 식당에 주차를 하고 밥부터 먹기로 했다. 부동산을 다니려면 차는 마실 수 있지만 밥을 먹을 시간은 없을 것 같았다. 평소에 별 고민 없이 순댓국을 먹듯 제주에서는 오분자기 뚝배기가 평범한 한 끼가 됐다. 살아 있는 오분자기와 각종 해산물을 뚝배기에 넣고 맛을 내서 국물이 정말 일품이다. 오분자기는 제주 방언으로 '떡조개'라고 하는데 마치 전복처럼 생겨 '새끼전복'이라고도 한다. 주변 풍경 덕에 더 맛있게 느껴지는지도 모르겠다.

배를 채우고 부동산으로 갔다. 땅을 직접 보러 갔지만 생각보다 너무 커서 부담스러웠다. 보여주신 땅이 지금 나와 있는 매물 중에는 가장 작은 평수라고 했는데 아무래도 조금 더 기다리며 알아봐야겠다고 말씀드렸다. 벼룩시장과 교차로 신문을 챙겨서 드라이브를 했다. 한적한 마을 한쪽에 차를 세우고 반쯤 누워 창문을 열었다. 시원하고 조용하다. 신문을 보며 다른 부동산에도 전화를 했다. 혹시 땅을 보러 오라고 하면 제주에 있으니 당장 갈 수 있어서 좋으니까. 근데 생각보다 너무 비싸다. 현재 내가 가진 돈으로는 턱도 없다. 갑자기 마음이 답답해져서 걷고 싶었다. 그때서야 '여기가 어디지?'라는 생각이 들었다.

종달리였다. 종달리, 이름도 참 예쁘다. 이름만 들어도 정겹고 아기자기한 예쁜 느낌이 물씬 느껴졌다. 종달리는 종처럼 생긴 산, 지미봉 밑에 위치한다고 해서 붙여진 이름인데 마을 북동쪽에 165m의 지미봉이 우뚝 솟아 있다. 종달의 한자 뜻이 '마침내 다다랐다'는 뜻이고, 지미의 한자 뜻은 '땅의 끝'이라고 한다. 그러고 보니 종달리는 동쪽마을 끝에 위치해 있다.

예상했던 시간보다 한가해져서 종달리에 온 김에 지미오름에 오르기로 했다. 아주 편한 복장은 아니었지만 제주 360여 개의 오름 중 꼭 오르고 싶었던 곳이기에 망설임 없이 갔다. 시간은 많으니까 천천히 오르자고 되뇌었지만 점점 거칠어지는 숨소리는 어쩔 수 없었다. 새소리와 바람소리를 음악 삼고 나무 사이사이로 보이는 성산일출봉을 목표로 삼아 끝까지 올랐다.

저 멀리 우도와 성산일출봉이 보이고 옹기종기 모여 있는 미니어처 같은 집들, 검은 돌담, 경계를 알 수 없는 하늘과 바다까지 제주를 한 번에 내 마음속에 담았다. 여기 안 왔으면 어쩔 뻔 했냐며 수없이 혼잣말을 반복했다. 30~40분 정도 충분히 투자할 만하다. 그 후에도 여러 번 계절이 바뀔 때마다 지미오름에 올랐다. 아마 제주의 오름 중에서 내가 가장 많이 다녀온 오름이 아닐까 싶다.

'이 넓은 땅에 아주 작은 내 공간을 만들 수 있는 곳은 왜 없을까?'
'아직 때가 아닌 걸까?'

하긴 아직 이렇다 하게 뭔가 준비된 것도 없이 꿈을 가졌으니 시간이 더 걸리는 건 당연한 건지도 모른다. 그렇게 생각하니 아주 천천히 알아보고 이루자는 마음이 생겨 한결 편안해졌다. 두루두루 제주에 대해 더 알고 부동산 공부도 하면서 여름을 보내야겠다고 다짐했다. 여름잠을 자며 다른 활동은 접고 차근차근 준비하기로 했다. 제주에 오는 횟수도 조금 줄이며 돈을 더 모아야겠다고 생각했다.

일상으로 돌아와 회사와 집만 반복하는 생활이 다시 시작됐다. 주말에도 꼼짝없이 집에만 있었다. 그러기를 2주. 일요일 점심을 먹고 있는데 전화 한 통이 걸려왔다. 제주 부동산이었다. 작은 땅이 나왔는데 보러오지 않겠냐고 물으셨다. 이번 주말에 가겠다고 했다. 여름잠은 무슨, 역시 자려고 하면 깨우는 누군가가 꼭 있다. 무시하고 계속 잠을 잘지 벌떡 일어날지는 본인의 선택이지만.

때맞춰
항상 예쁜 꽃들이 가득한 제주.

이곳에
오래 머물고 싶은 이유 중 하나다.

3 자유롭게, 무심하게, 따뜻하게

빈집에 쓰는 편지

짧지 않은 시간 동안 평일에는 직장인, 주말에는 반 제주사람으로 지내고 있었다. 부동산에 가기로 약속한 시간에 맞춰 공항에서 세화리까지 쭉 달렸다. 제주는 카메라가 많아서 운전하기 불편하다는 사람들이 많지만 나처럼 운전을 잘 못하는 사람에게는 오히려 과속할 수 없고 조용한 제주가 운전하기에 더 좋다. 좀 다녀본 길이라고 이제 여기저기 제법 길도 많이 알아 쉬엄쉬엄 운전해서 부동산에 도착했다.

반갑게 맞아주는 사장님과 이런저런 얘기를 나누다가 직접 땅을 보러 가자고 부동산을 나섰다. 사장님은 아주 자연스럽게 부동산 문을 잠그기는커녕 제대로 닫지도 않고 차에 탔다. 차문도 열려 있었다. 제주는 삼무의 섬으로 알려져 있다. 도둑과 거지, 대문이 없다. 그래도 그렇지 어떻게 이러고 나갈까 싶어서 사장님께 여쭤봤다.

"문은 그냥 닫기만 하나요? 안 잠그세요?"
"문이요? 문을 왜요? 아, 도둑 들까봐? 가져갈 것도 없어요. 필요한 거 있음 그냥 주죠, 뭐. 얼른 타세요."
나만 불안한 걸까. 사장님은 전혀 신경 쓰지 않고 관심도 없었다.

땅을 직접 보러 다니면서 가보지 못한 마을과 길도 알 수 있었다. 세 곳의 땅을 보고 다시 부동산으로 돌아와 궁금한 것과 준비해야 하는 것들에 대해 사장님과 얘기를 나눴다. 제주는 이웃이 땅을 내놓으면 서로들 소개하니 아는 사람을 통해 구하는 방법이 가장 좋다고 한다. 부동산에 내놓기 전에 팔리는 경우도 많아 외지인들이 작은 땅을 구하기는 하늘에 별 따기만큼이나 어렵다.

그때 사장님께서 혹시 연세(年貰)는 어떠냐며 새로운 방법을 제안하셨다. 제주는 월세가 없고 일 년치를 한꺼번에 내고 사는 연세가 대부분인데, 작은 땅을 구하는 것보다는 조금 수월할 수도 있다고 했다. 일 년 동안 제주에 내 공간을 가지고 있으면서 올 때마다 제주에 대해 더 알아가고, 그다음에 땅을 구하는 것도 괜찮을 것 같았다. 더 생각해 보고 결정을 내리기로 했고 사장님도 계속 함께 알아봐주시기로 했다.

부동산을 나와 10분 남짓 달려 평대리에 도착했다. 해물라면과 해물파전을 먹을 셈이었다. 남기면 포장하더라도 두 개 다 맛보겠다고 다짐했다. 음식을 주문하고 바다가 보이는 창가 자리에 자리를 잡았다. 바다를 보며 음식을 먹으면 왜 더 맛있게 느껴지는 걸까. 지금까지 바다와 함께하는 식사는 모두 성공적이었다. 남은 해물파전을 포장해서 나왔다.

평대리 마을 곳곳을 다녀볼 참이었다. 생각보다 사람이 살고 있지 않은 집도 꽤 있었는데 이런 집은 매물로 나오지 않는 건지 궁금했다. 제주는 오일장에서도 땅을 파는 사람이 나와 거래한다는 얘기를 들은 적이 있다. 그만큼 부동산을 통하지 않고 개인 간 거래가 많다는 말이겠지만 잘 아는 사람을 통한다면 모를까 그냥 무턱대고 하기는 좀 불안했다. 이왕 이렇게 된 거 마을 분들께 직접 물어보고 얘기를 들으면 어떨까 싶은 용기가 생겼다. 지나가던 아저씨와 작은 가게에 앉아 계시던 아주머니, 할머니께 혹시나 하는 마음으로 물어봤지만 당장은 쉽지 않을 것 같다고 하신다. 나 같은 사람이 꽤 있는 것 같다.

그렇게 걷고 걷다가 아주 작은 집을 하나 발견했다. 오래된 옛날 집이고 문도 열려 있었다. 짐 하나 없이 텅 비어 있는 거 보니 사람이 살고 있는 것 같지는 않았다. 가방에서 노트와 펜을 꺼내 편지를 남기고 왔다. 혹시 매물로 내놓을 생각이 있으시면 연락을 부탁한다고. 이렇게 시작된 편지를 빈집이 보일 때마다 쓰게 됐다. 물론 큰 기대는 하지 않았다. 그냥 그렇게 직접 뭔가 해보고 싶었다.

돌아다니며 포장해온 해물파전까지 다 먹고도 허기진 배를 어떻게 채워
야 하나 고민했다. 다시 해변가에 나왔을 때 핫도그와 차를 판매하는 작
은 푸드트럭이 보였다. 다리가 아파서 어디든 다시 식당에 가는 것보다
는 왠지 바닷가에 털썩 앉아서 먹고 싶었다. 홍차와 핫도그를 주문하고
가방에서 현금을 꺼냈는데 딱 500원이 부족했다. 아쉽게도 카드 결제는
되지 않았다. 물로 대신하고 홍차를 포기하려던 그 순간,

"그냥 드세요. 500원인데요, 뭐."
"아니에요. 그래도 장사하시는 건데, 어떻게 그래요."
"다음에 만나게 되면 주세요."

편안한 웃음으로 홍차도 듬뿍, 핫도그에 야채와 소스도 듬뿍 얹어주시
던 사장님. 그렇게 염치없지만 500원 외상으로, 바다를 눈앞에 두고 정
자에 앉아 핫도그를 먹었다. 이건 또 왜 이렇게 맛있는 건지 500원이지
만 외상인 게 더 죄송했다. 핫도그를 다 먹고 차로 돌아가려다 트럭 사장
님께 인사드리러 잠시 들렀다. 의자에 반쯤 누워 음악을 듣고 있던 사장
님은 나를 보시더니 혹시 뭐가 부족하냐고 물으셨다.
"아니요. 많이 주셔서 배불리 잘 먹었어요. 제가 제주 자주 오거든요. 외상으
로 달아놓으세요. 다음에 이쪽으로 지날 때 드릴게요. 맛있게 잘 먹고 가요."

아무 이유 없이 그냥 믿어주는 제주사람들을 보면 모든 일에 의심이 많은 나는 한없이 부끄럽다. 뭐가 그렇게 불안해서 신뢰하지 못하고 의심을 한가득 안고 살았을까. 상대에게 바라는 것이 없으면 마음이 편안해진다. 무엇이든 의심하기 전에 믿어주면 믿어주는 만큼 내가 행복해진다는 것을 다시 한 번 느꼈다.

아직도 기억할 게 많아서

저녁에 들어오신 아빠의 손에는 또 청첩장이 들려 있었다. 언젠가부터 아빠는 나 못지않게 아니, 오히려 나보다 더 많이 청첩장을 받아오신다. 다른 집 부모님들은 남의 자식 결혼한다는 소식을 들으면 너는 언제 결혼할 거냐고 닦달한다는데 우리 아빠는 전혀 말씀을 안 하신다. 그래서 내가 아직까지 이러고 있는지도 모르겠다.

친구들이 결혼한다는 소식을 듣거나 결혼식을 봐도 부럽거나 하고 싶지 않았다. 적어도 내 눈엔 행복해 보이는 커플이 별로 없던 탓도 있을 거다. 거기다 결혼을 앞둔 친구를 만나면 온통 불만투성이라 왜 저렇게까지 하면서 결혼을 하는 걸까 싶었다. 형식적인 주례사와 정신없는 주인공, 밥만 먹고 가는 하객들의 모습은 평생 한 번뿐이라는 결혼식 모습이라고 하기에는 아름답지 않았다.

가수 이효리의 제주 스몰웨딩을 시작으로 결혼식에 대한 젊은 사람들의 인식이 바뀌기 시작했다. 타인에게 보이기 위한 결혼식이 아니라 자신들이 행복한 방법을 택했다. 물론 그러면서 제주에서의 웨딩촬영이나 결혼식 붐이 일어 진정한 스몰웨딩이 아니라는 비판도 있기는 하다.

제주에 있다 보면 웨딩촬영 하는 커플을 자주 볼 수 있다. 틀에 박힌 스튜디오에서 벗어나 제주의 멋진 풍경을 배경으로 찍는 사진은 분명 아름답다. 조금 더 자연스럽고 편한 모습으로 사진을 찍을 수도 있고, 부족한 부분이 있다면 그것은 제주의 자연이 채워줄 수 있으니 더할 나위 없이 좋다. 몇 년 전만 해도 조금은 부끄러워하는 사람이 많았는데 지금은 커플들의 애정표현이 더 대담해졌다. 사진작가 없이 본인들이 찍는 셀프 웨딩촬영을 하는 사람도 꽤 많다.

한동안 제주의 북동쪽 마을을 내 마을처럼 다니다가 문득 반대쪽 마을에 가보고 싶었다. 괜히 놀러가는 느낌이 들 정도로 들떴다. 공항에서 렌터카를 받았다. 자동차 색상이 마음에 들지 않았다. 다른 색상은 없는지 문의했지만 없단다. 불만을 갖지 말자고 스스로 다독이고 바로 협재 해수욕장으로 달렸다. 초가을의 바람은 적당히 시원하고 따뜻했지만 햇살은 아직 뜨거웠다.

오랜만에 만난 협재 해수욕장은 잔잔한 파도소리로 나를 반겨주었다. 제주 서쪽 한림공원에 인접해 있는 협재 해수욕장은 이국적인 풍경을 자아내는 해변이 드넓게 펼쳐져 있다. 하얀 조개껍질로 이루어진 백사장과 코발트 빛깔의 아름다운 바다, 눈앞에 우뚝 솟아 있는 비양도는 사람들의 마음을 사로잡는다. 울창한 소나무 숲이 한데 어우러진 풍광도 매우 아름답다. 수심이 얕고 경사가 완만하여 부담 없이 발을 담그기에도 좋다.

이국적인 풍경과 저 멀리 보이는 비양도는 한껏 멋을 낸 예비 신랑, 신부 같았다. 9월, 주말의 협재 해변에서는 웨딩촬영을 하는 커플을 꽤 많이 볼 수 있었다. 바닷가는 바람도 좀 세고 볕도 뜨거운데 그 와중에 서로를 의지하고 있는 커플들을 보고 있자면 절로 박수를 쳐주고 싶었다. 형식적으로 정해진 시간에 쳐야 하는 박수가 아니라 진짜 마음에서 우러나오는 축하의 박수를 보냈다.

웨딩촬영 커플을 보고 있으니 얼마 전 결혼했다는 첫사랑이 생각났다. 결혼과는 거리가 멀어보였던, 결혼은 못 할 줄 알았던 그의 결혼소식에 어이가 없어 웃고 말았다. 고단하고 팍팍했던 청춘의 시간 속에 가장 빛났던 순간, 가장 힘들었던 순간, 우리는 항상 함께였다. 마음의 짐을 나누기도 했고 가장 가까운 사이라는 이유만으로 많은 상처도 주고받았다. 그와 함께한 시간이 주마등처럼 스쳤다. 특별한 마음이 남아서가 아니라 그때의 내 모습을 돌아보기에 가장 좋은 시간이었을 것이다.

그의 결혼에 마음으로나마 축하를 해준다거나 행복을 빌어주고 싶지는 않다. 각자의 길을 가며 남남이 됐는데 마음에도 없는 축하를 보낼 필요는 없다. 그저 그때는 그가 있어 힘껏 살 수 있었고, 오랜 시간을 함께한 만큼 아직도 기억할 게 많다는 것뿐이다.

눈물이 반짝일 때까지

회사가 이사하면서 내가 출퇴근용으로 타게 된 회사 차는 똥차 중에 똥차였다. 아주 오래전 단종된 경차였고 굴러가는 게 신기했다. 출퇴근 할 때와 배터리 충전 때문에 주행해야 할 때를 빼고는 타고 다니지 않았다. 창피해서가 아니다. 불안했다. 예상대로 차는 자주 말썽이었다. 출근하려고 하면 시동이 안 걸리는 건 놀랄 일도 아니었다.

직원의 복지혜택으로 지출이 생기는 것을 너무 싫어하던 사장님은 한번에 결재해준 적이 없었다. 특히 차에 관해서는 여자가 뭘 아냐, 그냥 타고 다니라는 말만 했다. 카센터에서 상태가 심각하니 교체해야 한다고 해도, 여자가 가면 다 그렇게 말한다고 무시했다. 차는 아주 최소한의 수리만 해가며 아슬아슬하게 버티고 있었다.

그러다 똥차도 지쳤는지 퇴근길 저녁에 고속도로를 달리다가 갑자기 멈춰버렸다. 그때를 생각하면 지금도 아찔하다. 바들바들 떨리는 손으로 보험회사에 전화했다. 차 안에 있으면 위험하다고 나와 있으라는데 고속도로에 차들이 너무 빠르게 달리고 있어 나가 있기도 무서웠다. 보험회사와 통화를 끝내고 사장님께 전화로 상황을 말씀드렸다. 사장님의 대답은 평소와 크게 다르지 않았다.

"차가 멈춰? 하하하. 어떻게 차가 달리다가 멈추나. 그것도 고속도로에서. 진짜 웃기네."

악마의 웃음소리를 들었다. 그다음 말은 더 가관이었다.

"보험회사 직원 오면 나한테 전화하라고 해. 수리해야 하는 상황인지 금액은 얼마나 나오는지 내가 통화할 테니까."

내가 괜찮은지는 묻지 않았다. 검사 결과 벨트가 끊어졌다고 했다. 그날의 수리비용은 3만 원이었다. 3만 원에 내 목숨이 좌지우지되는 건가 싶어 서러웠다. 어쩌면 사장님은 3만 원도 아까워했을지도 모른다. 음주가무로 30만 원은 우습게 써도 직원의 복지로는 3천 원도 쓰지 않으려고 했다. 운전하기 무서웠다. 돈이 뭐라고 이렇게 위험한 상황을 겪게 하는 건지 허무했다. 회사도, 사장님도, 똥차도 다 보기 싫었다.

다음날 아침, 핸들을 잡으니 가슴이 쿵쿵거리고 심한 불안감에 시달렸다. 한참을 망설이다 결국 오래 걸려도 대중교통을 이용했다. 하루 이틀도 아니고 계속 이렇게 다닐 수 있을까 머릿속이 복잡했다. 운전에 대한 트라우마가 나를 지배하기 전에 이겨내고 싶었다. 회사에 도착해 주말 비행기 티켓과 민박집을 예매했다. 몇 주 동안 모은 점심값을 탈탈 털었다. 제주에 가서 마음도 가라앉히고 드라이브도 하면서 극복해보려 했다.

제주공항에 도착해 렌터카를 받으러 가는 익숙한 길이 예전처럼 편하지 않았다. 자동차가 멈추면 어쩌나, 어디 결함은 없을까 온통 불안함으로 가득했다. 간단한 절차를 밟고 운전대를 잡았다. 천천히 공항을 빠져나와 한 시간이 조금 안 되게 달렸다. 평소의 나였다면 하지 않았을 카트 체험장에 도착했다. 보통 사람들에게는 짜릿한 쾌감이 느껴지는 속도감이라지만 나는 별다른 흥미가 없던 곳이다. 그때 내 가슴속엔 불덩이가 있었다. 분노와 억울한 감정들을 어떻게든 터뜨려야겠다는 생각이 들었다. 그렇게 하지 않으면 그것이 너무나 뜨거워 스스로 타 죽을 것만 같았다.

굳은 결심을 하고 카트를 운전하기 시작했다. 몇 바퀴를 돌았는지 기억이 없다. 카트가 멈췄을 때 깊은 한숨과 함께 이유 모를 눈물이 흘렀다.

손으로 눈물을 닦고 차에 가서 바로 또 운전을 했다. 도깨비 도로라고 불리는 신비의 도로를 지났다. 제주에서 주변 지형에 의해 내리막길이 오르막길로 보이는 착시현상을 일으키는 도로인데, 신비롭지 않았다. 눈물이 앞을 가렸고, 몸도 정신도 건강하지 않았던 나는 아무것도 느끼지 못했다.

한참을 음악 없이 아무 생각도 없이 운전만 했다. 제주의 바람과 공기로 내 안의 온도를 낮추고 싶었다. 그렇게 겨울이 오기 전, 산굼부리에 올랐다. 맑은 날에는 한라산의 전경이 한눈에 들어오고 전망대에 오르면

성산일출봉이 보이지만 굳이 그것을 찾지 않게 되는 이유는 눈앞에 펼쳐진 은빛 세계 때문이다. 억새길을 따라 제주의 가을바람이 이끄는 대로 걸으며 눈물의 의미를 생각했다. 고속도로 한복판에서 달리던 차가 멈춰 무서움에 떨었을 때는 나오지 않던 눈물이 왜 뒤늦게 매일매일 터지는 건지 알 수가 없었다. 눈물샘이 고장 나고, 억눌려 있던 감정들이 주체하지 못하고 폭발했던 걸까. 조금은 쌀쌀한 가을바람에 이리저리 휘어지고 쉼 없이 흔들리는 억새는 흔들릴지언정 쓰러지거나 부러지지 않는다. 연약해 보여도 강한 생명력을 지녔다. 약한 것이 강한 것이고,

약하게 보이는 것이 더욱 생명력이 강인하고 집요한 법이라던 말이 생각
났다. 나도 내면의 강한 힘, 마음의 근육을 더욱 탄탄하게 키워야 했다.

너무 늦지 않게 민박집에 도착해서 한참을 멍하니 넋을 놓고 있었다. 딱
히 먹고 싶은 생각은 없었는데 챙겨주셔서 과일을 조금 먹었다. 방에 들
어와 TV 대신 음악을 작게 틀어놓고 일기를 썼다. 일기장 속의 내 모습
역시 울고 있었다. 나를 마주하는 것이 이렇게 큰 용기가 필요했던 것인
지 미처 몰랐다. 일기장을 덮었다. 더 써 내려갈 자신이 없었다. 창문을
열어 마당을 보니 평상에 나와서 놀던 사람들이 들어가고 없었다

잠시 마당에서나마 밤풍경을 보고 싶어 겉옷을 걸치고 나갔다. 슬프게
내린 비는 꽃을 피운다고 하던데 가을에도 제주는 여기저기 꽃이 참 많
이 피었다. 쏟아져 내릴 것 같은 별들이 빛나던 밤하늘을 바라보며 힘없
이 평상에 누웠다. 희미하게 들리는 파도소리, 나뭇잎을 살랑이는 바람

소리는 사람이 만든 그 어떤 음악보다도 자연의 소리가 최고의 음악이
라는 생각이 절로 들게 했다.

무한경쟁의 시대를 살아가는 우리는 브레이크 없는 자동차로 엑셀만 밟
도록 강요당하고 있다. 그 멈출 수 없는 자동차를 운전하고 있다는 사실
을 발견하지도 못한다. 돌아보면 고속도로에서 달리던 차가 멈췄을 때,
모든 것을 멈췄어야 했다. 그때가 나에게 쉼표가 필요했던 시간이었다.
스스로 멈추지 못하는 미련한 나에게 잠시 멈추고 쉬어 가라는 신호를
보낸 것이다. 그땐 몰랐다. 그래서 더 많은 날들을 눈물 속에서 보내야
했다. 저 하늘의 별들도 어둠을 만나 반짝이듯이 내 눈물도 빛을 만나면
반짝이는 날이 올 거라고 생각했지만 그런 날은 오지 않았다. 어디로든
갈 수 있었지만 어디로 가야 할지 몰랐다. 새로운 시작을 할 수 있었지만
끝을 알 수 없었고 길을 만들 수 있었으나 길을 잃을까봐 두려웠다. 고장
난 차로는 어디도 갈 수 없었다.

무언가 문제를 겪고 있을 때 중요한 것은 한 발 떨어진 곳에서 해결의 실마리를 찾아야 한다는 것이다. 그 상황에서 빠져나와 차분히 생각을 정리하고 지친 몸과 마음을 추스른 다음에야 제대로 된 선택을 할 수 있다. 머릿속이 복잡할 때 오름에 오르면 시야가 트이면서 생각도 넓어지고 마음이 복잡할 때 바다를 바라보고 있으면 마음이 넓어지는 것처럼 제주 밤하늘의 별을 바라보고 있으니 내가 안고 있는 문제보다는 전체적인 그림이 보였다.

잠시 어둠 속에 있는 것이 나쁜 것만은 아니라는 생각이 든다. 어둠 속에 있어본 사람은 하늘이 얼마나 푸르른가를 알게 될 테니 말이다.

나에게 일어날 수 있는 일

혼자서는 가까운 곳도 잘 나가지 않는 집순이였던 내가 제주를 홀로 다니는 모습을 보고 주위 사람들은 신기하게 생각했다. 도대체 제주에 뭐가 있기에 혼자서 거기를 그렇게 자주 다니는지 궁금해한다. 처음엔 그저 집과 회사만 왕복하던 우물 안 개구리 생활이 답답해 바람을 쐬고 싶었다. 일상을 벗어나 어디론가 훌쩍 떠나는 기분을 느끼려면 비행기를 타야 할 것 같았는데 해외로 나가기엔 겁이 났다. 그래서 선택한 곳이 제주였다.

특별히 여행을 해보지 못했으니 제주가 아닌 다른 곳으로 향했다면 어떻게 됐을지는 모르겠다. 어쨌든 그렇게 제주에 이끌려 꾸준히, 부지런히 다니면서 매번 누구와 함께 올 수는 없으니 혼자 다니기 시작한 게 이렇게까지 될 거라고는 나도 생각하지 못했다.

가끔 읽었던 여행 에세이에서 여행을 통해 자신을 알아간다는 글을 읽을 때면, 사실 공감하지 못했다. 내가 해보지 못했으니까, 잘 모르니까 그랬을 것이다. 그때까지만 해도 나에게 여행은 그저 맛집에 가서 맛있는 음식을 먹고, 유명 관광지에 가서 사진을 찍는 거였다. 지금은 그런 여행을 가장 싫어한다.

홀로 제주 여행을 하면서 매번 나에 대해 한 가지씩은 더 알아갔던 것 같다. 그 과정에서 내 자신에게 실망하고 한없이 작고 초라한 사람이라는 것을 느꼈다. 혼자 여행하는 시간이 쌓여갈수록 나도 알지 못했던 내 안의 용기와 인내를 마주했을 때는 자신감으로 충만해지기도 했다. 누군가에 의한, 누군가를 위한 내가 아니라 그냥 나인 채로 살아갈 수 있는 시간들이 행복했다. 여행은 돈 많은 사람들만 하는 거라고 생각했는데 최소한의 경비로도 충분히 즐길 수 있었다. 끊임없이 여행을 떠나는 사람들을 이제 조금은 이해할 수 있을 것 같다.

별다른 계획 없이 서귀포에 한번 가봐야겠다는 마음으로 비행기 티켓을 예매했다. 공항에 도착해서 차를 받고 아무 생각 없이 서귀포를 향해 달렸다. 원 없이 드라이브하려고 주유소에 들러 넉넉하게 주유도 했다. 쉬지 않고 한참 달리다가 산방산이 보여 차를 세웠다. 일 년 전쯤 다른 일정으로 서귀포에 왔을 때 지나면서 살짝 봤던 산방산을 제대로 보고 싶었다. 보는 순간 압도당하는 예사롭지 않은 산, 영험한 기운이 도는 산방산은 유네스코 세계지질공원 대표 명소 중 하나다. 굉장히 건장한 남

자 같다. 뭔지 모를 든든함이 느껴지기도, 오래 보고 있으면 무서워지기
도 하는 자연의 위대함을 느끼게 해주는 산이다. 산방산에 오면 용머리
해안을 안 보고 갈 수가 없다. 용머리를 따라 암벽 사이 좁은 통로를 내
려가면 암벽과 바다가 만난다. 날씨가 좋지 않거나 파도가 심하면 안전
상 출입이 금지된다. 그러니 이왕이면 날씨가 좋은 날 오는 게 좋다. 특
히 산방산 근처는 가장 먼저 유채꽃을 볼 수 있는 곳이기도 하니 봄에 오
면 유채꽃과 산방산, 용머리 해안까지 일석삼조다.

밥 먹는 것도 잊고 돌아다녔는데 어김없이 배꼽시계가 끼니를 챙겨야
한다고 알려줬다. 운전도 오래 하고 많이 걸었으니 든든하게 먹고 싶어
서 흑돼지를 먹었다. 제주에 와서 흑돼지는 여러 번 먹었지만 어느 식당
에서도 실망한 적이 없었다.

배를 든든히 채웠다. 어두워지기 전에 다시 제주시로 돌아가야 했다. 음악을 들으며 혼자만의 드라이브 시간에 심취해 있을 때, 저 멀리 어디선가 본 듯한 사람이 지나가는 차들을 상대로 히치하이크하고 있었다. 나보다 족히 10살은 어린 대학생처럼 보였다. 내가 어디선가 봤던 사람이었다. 어디서 봤는지 정확히 기억나기 전에 앞에 차들이 다 거부했는지 나에게도 태워 달라는 신호를 보냈다. 보아하니 나처럼 혼자 여행 온 사람이고 대중교통이 서울처럼 많지 않은 동네라서 태워줘야 할 것 같았다. 잠시 차를 세워 창문을 열자 대학생이 말했다.

"저기 죄송하지만 어느 방향으로 가세요?"

"제주시로 가는 길이에요. 어디 가는데요?"

"저도 제주시로 가는데 태워주실 수 있으세요?"

그렇게 어색한 드라이브가 시작됐다. 흰 티셔츠에 편한 바지, 큰 카메라를 메고 있던 대학생은 제주에 온 지 8일째라고 했다. 2주 동안 홀로 제주 여행을 왔는데 최소 경비로 지내야 해서 대중교통과 히치하이크로 대부분의 교통수단을 해결하고 있단다. 나이를 물어보니 21살이었다.

"우와, 대견하네. 나는 그 나이 때 혼자 어디 가는 건 상상도 못했는데 용기가 부러워요. 나는 이 나이 돼서야 겨우 제주만 혼자 다닐 수 있게 됐어요."

나도 모르게 학생에게 내 이야기를 했다.

"제주에 여행을 오고 싶은데 돈이 없어서 알바로 최소 경비만 벌어서 왔어요. 근데 돈 없어서 힘들다는 생각보다 그냥 재밌어요. 제주에서의 하루하루가 너무 좋아요."

해맑은 대학생의 모습을 보고 있으니 세상에 때가 많이 묻지 않을 때 여

행을 다녔으면 더 좋았겠구나 하는 아쉬움이 들었다. 운전에 집중하고
있을 때 대학생이 물었다.

"언니, 아까 용머리해안 가셨죠? 거기서 우리 봤던 것 같아요. 바람이
부는데 긴 생머리가 막 휘날려서 봤거든요. 머리가 기니까 그렇게 바람
에 날리는 모습이 여자 같았어요. 저는 남자 같잖아요."

그제야 생각이 났다. 용머리해안에서 스쳤던 사람 중 한 명이었다. 보이시한 매력이 넘치던 대학생은 내 긴 머리가 인상적이었다고 했다. 나는 게스트하우스를 어디로 예약했는지 물었다. 들어보니 내가 예전에 가봤던 곳이기도 했고 그리 멀지 않은 거리여서 그 앞까지 태워줬다. 대학생은 연신 감사하다며 꾸벅 인사를 했다. 그러고는 가방을 뒤져 딱 하나 남은 음료수를 나에게 줬다. 괜찮으니 갖고 있다가 내일 먹으라고 했는데 이거라도 드리고 싶다며 차에 두고 내렸다. 어릴 때 자주 먹었던 쌕쌕이라는 귤 음료수였다. 이게 아직도 판매되고 있다니 신기했다.

대학생을 데려다주고 공항으로 가면서 혼자 웃음이 나왔다. 내가 조금 변하는구나 싶었다. 다른 사람 일에는 관심도 없고 내 일에 다른 사람이 관심을 보여도 싫어했던 지극히 개인주의적인 성향이 심한 내가 모르는 사람을 걱정하고 도움을 주다니. 이게 다 혼자 여행을 다니면서부터 일어난 일이다. 여자 혼자 여행을 하면서 혹시나 도움을 청할 일이 있을지도 모르고, 다른 사람이 처한 상황을 보면 내게도 일어날 수 있는 일이라고 생각했다. 도움을 안 줄 수가 없었다. 어차피 도움은 주고받는 것이다. 나는 잠시 차를 태워줬을 뿐이지만 어린 대학생은 나에게 나의 지난 시간들을 돌아볼 수 있는 기회를 줬다. 이래서 여행자는 스승이자 모두 친구가 될 수 있다고 하나 보다.

어른이 된다는 건

아빠와 나는 매일 서로 다른 이유로 비가 오는지 기상예보를 확인한다. 물론 나는 주말에 비가 오지 않으면 제주에 편하게 다녀올 수 있으니 좋다. 하지만 아빠는 밭에 채소들 때문에 비가 오지 않으면 걱정이 한가득하다. 늘 비가 오기만을 기다리신다. 아빠의 세 가지 소원 중 두 번째인 제주 여행은 오래 전부터 계획했었다. 간암수술 후 아빠의 건강도 좋아졌고 얼마든지 모시고 갈 수 있는데, 그놈의 채소 걱정에 쉽게 나서지 못하고 있었다. 아빠가 없으면 밭에 물주는 사람이 없으니 채소들이 말라 죽는다고 걱정이다.

일단 날짜를 정하고 무조건 떠나기로 했다. 그렇지 않으면 가지 못할 것 같았다. 그리고 차근차근 계획을 세웠다. 나 혼자 다니는 건 계획 없이도 얼마든지 다닐 수 있고, 오히려 그럴 때 더 자유롭긴 하다. 아빠를 모시고 가면 계획을 세워도 아빠 컨디션에 따라 달라질 수 있어서 여러 가지 대안까지 생각해 철두철미하게 계획을 세웠다. 그렇게 해도 변덕이 심하고 자유로운 영혼인 아빠를 감당할 수 있을지 걱정이 앞섰다.

출발부터 꼬였다. 새벽잠이 없는 우리는 첫 비행기를 예약하고 5시에 공항으로 가는 택시를 탔다. 택시에서 나는 가방 안에 짐들을 다시 한 번 챙기며 당연한 질문을 했다.
"아빠, 신분증 있죠?"
"아니, 없는데."
"비행기를 탈 건데 왜 신분증을 안 챙겨요?"
"그걸 미리 말해야지. 이제 말해주면 어떡해?"
이미 택시는 차 없는 고속도로를 타고 새벽공기를 가로 지르며 거침없이 달리고 있었다. 다른 방법이 없으니 돌고 돌아 집으로 돌아가서 신분증을 챙기고 다시 공항으로 출발했다. 그렇게 공항으로 가는 택시비만 6만 원이 나왔다. 비행기 타기 전부터 진이 빠졌다. 누군가를 돌보면서 여행한다는 게 보통일이 아니라는 것을 또 한 번 느꼈다.

우여곡절 끝에 비행기에 탑승했다. 가방을 꼭 끌어안고 있는 아빠를 보고 승무원은 가방을 짐칸에 올려주겠다고 했지만 한사코 거절하셨다. 이번 여행에서 아빠는 실컷 먹고 돌아다니면서 편히 쉬는 놀고먹는 여행을 하고 싶다고 하셨다. 그래도 정해진 시간이라는 한계가 있으니 가장 먹고 싶은 음식이 뭔지 하고 싶은 건 없는지 물었다. 그때마다 다 먹

을 거란다. 욕심쟁이라고 타박했지만 생애 첫 제주 여행인 만큼 그런 욕
심이 있는 것도 당연할 것이다.

너무 이른 시간에 제주에 도착하니 밥 먹을 곳이 마땅치 않았다. 가끔 가
던 식당에 들러 오분자기 뚝배기를 먹고 아침형 인간의 본격적인 여행
이 시작됐다. 제주의 최고 산책코스로 불리는 애월 한담해안 산책로를
아빠와 함께 걸었다. 아무도 없는 아침에 상쾌한 공기를 마시며 에메랄
드빛 바다의 기운을 온몸으로 받았다.

적당한 바람과 파도소리를 가까이서 들으며 걸으니 새벽부터의 고된 일
정을 어느새 잊었다. 역시 바다는 사람의 마음을 편안하게 만드는 마법
을 지니고 있는 듯하다. 내가 있어야 할 곳이다. 바다를 그저 바라보기
만 하던 나와 달리 아빠는 최대한 가까이 가서 돌도 만져보고 아이처럼
신난 모습이었다. 내가 좋아하는 것을 아빠와 함께 나누는 기분이었다.

한담해안 산책로에는 드라마 촬영지와 카페, 음식점들이 있는데 제주 토
속의 분위기와 젊고 감각적인 느낌이 합쳐진 특유의 분위기가 매력적이
다. 한참을 걷고 쉬다 보니 관광객들이 오기 시작했다. 짐을 풀어두고 나
와야 할 것 같아서 예약한 펜션으로 갔다. 혼자 다닐 때는 게스트하우스
나 민박도 전혀 불편하지 않는데 아빠를 모시고 오니 숙소가 가장 신
경 쓰였다. 호텔은 답답할 것 같다고 하셨고 시원하고 조용하게 자연 속
에서 쉬고 싶다던 아빠의 뜻에 따라 펜션을 예약했다. 각자의 침대와 침
대 옆 창문을 열면 바다가 보이는 조용한 곳, 곽지 과물해변 뒤편이었다.

유난히 하얀 백사장에 아이들 놀이터와 시원한 용천수를 뿜어내는 노천
탕까지 있어 가족 단위로 오는 사람들이 꽤 많다. 아이들과 어른들까지
가족 3대가 여행을 와도 충분히 즐길 수 있는 곳이다. 그저 바라보기만
했던 다른 바다와 달리 나가서 맨발로 걷고 싶었다. 한눈에 보기에도 모
래가 참 곱고 반짝 빛이 나는 하얀 백사장이 인상적이었다.

여기까지 왔는데 시간 아깝다며 나가자는 아빠를 모시고 드라이브를 시
작했다. 한림을 지나던 중 시장을 발견한 아빠는 어김없이 쇼핑을 하셨
다. 굳이 제주에서 사야 하는 건 아니잖냐고 잔소리를 해도 소용없었
다. 여행 와서 들떠 있는 아빠를 무조건 진정시키려니 아빠의 기분을 너
무 가둬두는 것 같고, 계속 맞춰주려니 내 체력이 버텨주질 않았다. 힘
겹게 아빠를 시장에서 빼왔다.

저녁으로 애월 어딘가에서 흑돼지를 먹었다. 아빠는 먹는 내내 감탄하
며 친구들한테 전화해 자랑하기 바빴고, 나는 하루 종일의 운전과 관광

으로 이미 녹초가 되어 있었다. 저녁을 먹고도 간식거리를 또 샀다. 펜션에 도착했을 무렵이 되자 빗방울이 떨어지기 시작했다. 아빠는 우리가 다 놀고 들어온 시간에 비가 온 것과 덕분에 우리 밭의 채소들이 말라 죽지 않을 거라는 생각에 또 한 번 들뜨고 기뻐하셨다. 나는 감정을 느낄 기력도 없었다.

욕조에 물을 받아 몸을 담그고 바다를 바라보며 휴식을 취하는 시간이 하루 중 가장 편안하다. 축구를 보며 간식을 드시던 아빠는 씻고 나오는 나를 보며 한마디 하신다.
"딸, 내일은 어디 갈까?"
아빠는 여전히 에너지가 남아 있는 듯했다.
"내일 돌아다니려면 일찍 주무셔야 하는 거 아니에요?"
"걱정하지 마. 실컷 놀 수 있어."
실은 내가 더 걱정이었다. 다음날도 또 쉼 없이 운전을 하고 아빠를 모시고 다녀야 하는데 아빠의 체력을 감당할 수가 없었다.

자꾸 눈이 감겨 먼저 자려고 누웠다. 심심했는지 아빠가 또 말을 걸었다.
"딸, 아빠가 오늘 왜 이렇게 눈에 확 튀는 색으로 옷을 입었는지 알아?"
"몰라요. 왜요?"
"공항이나 제주나 사람이 엄청 많잖아. 혹시나 잃어버리면 네가 아빠를 쉽게 찾으라고 일부러 이렇게 입고 다녔어."

그러고 보니 항상 앞장서서 걷던 아빠가 제주에 와서는 내 뒤만 따라다녔
다. 어릴 땐 내가 그렇게 아빠 뒤꽁무니를 졸졸 따라다녔는데 이제는 내가
보호자가 됐다. 어른이 된다는 게 무엇일까 궁금했다. 어떤 사람은 누군가
를 책임질 수 있게 되는 거라고 했다. 아직 나 자신도 온전히 감당하지 못
하는 불완전한 어른인데 다른 사람도 아닌 아빠를 책임지는 보호자라니.
어깨가 무거워짐과 동시에 내가 좀 더 강해져야 한다는 생각이 들었다.

어딘가를 향할 때

언젠가부터 우리 사회는 아침형 인간과 저녁형 인간을 구분하기 시작했다. 성공한 사람들은 대부분 아침형 인간이었다는 얘기가 유명세를 타면서 성공하려면 아침형 인간이 되어야 한다고 은근히 강요하는 분위기였다. 뭐든지 반대 의견이 있기 마련이다. 그에 맞서 몇 년간 저녁형 인간에 대해 연구한 결과도 발표되었는데 저녁형은 창의적인 사람이 많고, 아침형은 공부 잘하는 사람이 많다고 한다.

이러나저러나 나는 그런 얘기에 크게 관심이 없다. 세 살 버릇 여든까지 간다고 나는 어려서부터 늘 새벽에 일찍 일어났다. 혹시 아빠가 군인이냐고 묻는 사람이 많았을 정도로 일찍 일어나고 규칙적인 생활을 하는 게 습관이었다. 참고로 아빠는 군인이 아니다. 아빠가 물려주신 가장 큰 선물은 부지런함이다.

습관이라는 게 참 좋으면서도 무서운 게 좀 느긋하게 즐겨도 될 여행에
서마저 우리 부녀는 새벽 4시에 눈을 떴다. 창문을 열어 바깥을 보니 온
세상이 파랗다. 바다와 하늘, 안개가 섞여 어두운 서울의 새벽과 다르게
오묘한 색으로 물들어 있었다. 한참을 멍하니 밖을 내다보고 있을 때 아
빠는 이미 다 씻고 나와서 어제와 똑같은 말씀을 하셨다.
"딸, 나가자. 여기까지 왔는데 하나라도 더 보고 가야지."

편한 복장으로 나와서 차를 몰고 애월 더럭 분교로 향했다. 아침 운동 겸
관광 시작이다. 나는 지나다니며 몇 번 왔었다. 작은 초등학교가 유명
관광지가 되면서 오전부터 늘 사람이 많기 때문에 일찍 다녀오기로 했
다. 사진명소로 알려져 있어 셀프웨딩을 하는 커플이나 젊은 사람들에
게 인기가 좋다. 사실 아주 특별한 무언가가 있는 곳은 아니다. 학교 건
물은 알록달록한 색감의 롤리 팝 같은 컬러로 페인트칠되어 있는데, 그
때문인지 사진을 찍으면 정말 화사하다.

특히나 날씨가 좋은 날에는 파란 하늘까지 더해져 동화 속 모습 같기도 하다. 작은 놀이터와 주차장도 있다. 학교가 작은 마을에 있다 보니 가끔은 마을 방송도 들을 수 있다. 천연잔디가 깔려진 운동장에서 아빠와 가볍게 조깅을 하고 있을 때 마을 방송이 나와서 깜짝 놀랐다. 주민들께 몇 시까지 모여 달라는 내용이었는데 신선하고 정겨웠다.

배고픔에 일찍부터 아침 먹을 곳을 찾아다녔다. 한림 어딘가에서 사람들이 식사를 하고 있는 음식점을 발견했다. 두툼한 제주 갈치로 맛을 낸 갈치조림을 먹고 있을 때 창가 어딘가를 보던 아빠가 큰 소리로 외쳤다. "우와, 딸, 저거 뭐야? 우리 저기 가보자."

아빠 눈에 들어온 건 다름 아닌 '천년의 섬'이라 불리는 비양도였다. 나도 늘 멀리서 보기만 하고 가보지 못했는데 아빠와 함께 있을 때 가보는 것도 좋을 것 같았다. 식당 사장님께 가는 방법을 물어봤다. 다행히 식당에서 멀지 않은 한림항으로 가면 된다고 해서 부지런히 움직였다. 비양도로 들어가는 배는 하루 세 번의 운항시간이 있는데 우리는 딱 맞춰 도착해 기다림 없이 갈 수 있었다. 15분 정도 배를 타면 비양도에 도착한다. 그 15분마저도 주변 오름과 풍경을 감상하다 보면 금방 지나간다.

비양도는 유명 드라마 촬영지로 조형물이 세워져 있고, 돌담길로 이루어진 소소한 매력의 마을이 모여 있다. 살고 있는 주민들에게 피해가 가지 않도록 조용히 구경하는 게 좋다. 아담하고 눈에 띄는 칼라로 꾸민 카페들도 종종 보인다. 가끔 제주 방언으로 써놓은 카페를 보면 뜻이 참 궁금했다. '재게 재게 옵서'라는 뜻은 빨리빨리 오라는 뜻이라고 한다.

푸른 바다의 경치를 감상하며 산책을 즐길 수 있어 바다의 향기가 더 가까이 느껴진다. 작고 한적한 아름다운 섬, 나만 알고 싶은 곳이 또 생겼다. 해안을 따라 걷다 보면 화산활동으로 형성된 기암괴석들도 볼 수 있다. 비양도가 조용한 이유 중 하나는 자동차가 없기 때문이다. 섬 둘레가 3km 정도밖에 되지 않아서 자동차가 필요 없다. 생각에 잠겨 조용히 걷기에 최적인 장소다.

섬을 두 발로 직접 걸으며 곳곳을 느껴볼 수 있는 좋은 시간이었다. 재미보다는 사색할 곳을 찾는다면 비양도가 좋은 친구가 되어줄 것이다. 오후가 돼서야 다시 애월로 돌아온 우리는 비양도에서 많이 걸었으니 남은 시간은 드라이브로 제주 구경을 하기로 했다. 갑자기 시골길로 가보자는 아빠의 말에 별다른 생각 없이 핸들을 꺾었는데 그 길목에서 믿기 힘든 풍경이 눈앞에 펼쳐졌다. 물감으로 수채화를 그린 듯 수국이 피었다.

투명하게 부서지는 햇살과 뺨을 간질이는 제주의 바람, 푸르게 높아가는 하늘, 초록이 짙어지는 잎사귀까지 싱그러움이 가득했다. 누가 먼저랄 것도 없이 차에서 내려 카메라에 담았다. 서울에서는 꽃집에나 가야 살 수 있는 수국이 만발해 있었다. 내 눈 가득 아름다움이란 게 들어찼다.

푸른빛과 연분홍빛, 연한 노란빛이 아름답게 조화를 이루며 피어 있는 수국은 어제 내린 비를 아직도 머금고 있었다. 한참을 그곳에서 시간을 보낸 우리는 저녁을 먹으러 또 다시 이동했다. 가는 동안 여러 번 수국을 더 볼 수 있었다. 때맞춰 항상 예쁜 꽃들이 가득한 제주. 이곳에 오래 머물고 싶은 이유 중 하나다.

상다리 휘어지는 저녁을 먹기로 했다. 30여 가지의 밑반찬과 딱새우, 갈치회, 고등어회까지 나오는 자연산 횟집이었다. 싱싱함은 물론이고 인심까지 푸짐해서 귀한 대접을 받는 느낌이 들었다. 음식을 앞에 두고 사

진을 찍으면 이해하지 못하던 아빠가 나보다 먼저 사진을 찍으며 환호성을 지르기도 했다. 피곤함이 사라지는 순간이었다. 열심히 먹고 남은 음식은 포장해서 펜션으로 돌아왔다. 침대에 털썩 앉았다가 저절로 몸이 침대와 하나가 됐다. 그대로 잠이 들었다.

집으로 돌아가던 날, 제주에서의 마지막 식사 메뉴를 놓고 아빠는 심각한 고민에 빠졌다. 결정하고도 차를 타고 가는 동안 여러 번 변덕을 부리는 바람에 다시 차를 돌리기도 했다. 그렇게 해서 결정한 메뉴는 또 흑돼지였다. 멜젓을 찍어먹는 제주 흑돼지 맛에 흠뻑 빠진 아빠는 이번에 가보지 못한 곳을 가보자며 다음 제주여행까지 계획을 세웠다. 아빠는 여행을 좋아하지 않을 거라고 생각했다. 해보지 않아서 잘 몰랐을 뿐, 아빠도 분명 새로운 세상에 대한 갈망이 있었을 거라 생각한다. 돈이 없다는 핑계로, 시간이 없다는 핑계로 미루지 말아야 할 것 중 하나가 부모님과의 여행이었다.

할 수 없는 건

나는 스마트시대에 뒤떨어지게 SNS를 잘하지 못한다. SNS 중 그나마 아날로그적인 블로그를 운영한 지도 얼마 되지 않았다. 어쩌다 제주 사진을 하나 올리면 나를 지켜보고 있었던 것처럼 바로 댓글이 달리고 이것저것 물어보는 사람들 질문에 정신없다. 나와 맞지 않았다. 맞지 않는 것을 남들이 다 하니까 보이기 위해서 할 수도 없었다. 아무리 나를 표현하는 시대라고 해도 맞지 않는 옷을 당장 억지로 입을 필요는 없으니까 더 천천히 적응해 보려고 한다.

그나마 하던 SNS가 하나 있었는데 안 하게 된 이유가 있다. 친구가 제주 여행을 가려고 계획을 세우면서 나에게 이것저것 추천을 부탁했다. 사람마다 취향이 다르니까 섣불리 내 마음대로 추천할 수가 없었다. 요즘은 정보의 시대 아닌가. 인터넷만 봐도 정보는 넘치니까 직접 보면서 가고 싶은 곳을 가라고 했다. 그래도 끝까지 친구는 내 SNS에 올라온 사진들을 얘기하면서 음식점과 해변이 어딘지 물었다. 그동안 조금은 부러웠나 보다. 꼭 내가 다녀온 곳을 가려고 했다. 콕 집어 물어보는 곳들을 알려줬다. 제주가 내 것도 아니고 알려주지 못할 것도 없었다.

며칠 후 친구의 SNS에 제주 여행의 사진과 글들이 올라오기 시작했다. 내게 물어봤던 식당에 가서 회국수를 먹었는데 맛이 없었단다. 나는 추천한 게 아니라 물어보니 가르쳐줬을 뿐 특별히 어떤 말도 하지 않았다. 가만히 있다가 한 대 맞은 기분이었다.

우연히 동복리에 갔을 때 해녀촌과 해녀식당에서 회국수를 먹고 그 후에도 부근을 지날 때 종종 들러서 먹곤 했다. 서로 휴무일이 달라서 한쪽 식당이 닫혀 있으면 다른 쪽으로 갔다. 항공 시간이 지연되거나 기다려야 할 땐 공항에서 가깝고 용두암이 보이는 '바당회국수'에서 먹기도 했다. 그곳이 유명한 음식점인지 전혀 몰랐다. 마을을 걷다가 들어갔던 곳에서 맛있게 먹었고, 편안함에 여러 번 가게 됐던 것뿐이다. 그곳은 나에게 '맛집'이 아니라 그저 '자주 갔던' 곳이다.

거기다 초딩 입맛의 친구와 토종 입맛의 나는 좋아하는 음식도 다르고, 생각하는 여행의 기준도 다르다. 좋은 여행에 대한 기준은 없다. 영감의 원천이 될 수도 있고, 일탈이나 휴식이 될 수도 있다. 어쨌든 여행은 나를 위한 것이라고 생각했다. 하지만 SNS를 위한 여행을 하는 친구와는 입

맛 외에도 생각이 너무 달랐다. 친구는 남들이 보기에 그럴 듯한 식사를 하고 사진을 올려야 하는데 망쳤다는 거다. 결국 친구의 SNS에는 제주 어느 호텔의 음식과 호텔 안에서 즐기고 있는 사진이 끊임없이 올라왔다.

이렇게 각자 자신에게 맞는 것이 있다.
인생도 여행도 결국 누군가를 보고 따라하면 행복할 수가 없다.
자신이 스스로 만들어가야 한다.

제주 동부권에는 해안마을과 달리 오름이 많고 고즈넉하고 아늑한 느낌의 송당리 마을이 있다. '송당'은 마을에 소나무와 신당이 있다 하여 붙여진 이름인데, 농사도 짓고 소와 말을 키우는 전형적인 중산간 지대에 자리한 마을이다. 작은 초등학교와 분위기 좋은 카페도 있다. 정처 없이 발 닿는 대로 걷고 또 걷다가 돌담 사이로 피어난 꽃이 예뻐 발이 멈췄던 곳이다. 돌담 앞에 쪼그리고 앉아 꽃을 한참 바라보다가 사진을 한 장 찍어 SNS에 올렸다. 또 다른 친구가 정말 예쁘다며 어디냐고 물었다. 물어봐서 대답만 했을 뿐 이번에도 나는 그 외에 어떤 말도 하지 않았다. 한 달쯤 지났을 때였다. 뜬금없는 메시지 한 통을 받았다.
"너무 조용하고 볼 것도 없다. 네가 예쁘다고 해서 왔는데 시간 버렸어."

왜 이렇게 다른 사람 탓을 해야 속이 시원한 건지 모르겠다. 나는 그 뒤로 SNS는 하지 않는다. 블로그도 글을 쓰기 위해 시작했고 주변 사람들에게는 알리지 않았다. 제주의 맛집이나 여행지 추천도 하지 않는다. 별것 아닌 일에 주저하게 됐다. 내가 모든 사람을 만족시켜야 하는 여행 가이드도 아니고 어쩔 도리가 없다. 이제 내가 할 수 없는 건 그냥 안 하려고 한다. 어차피 나는 누군가에게 보이기 위해 제주를 다닌 것도 아니다.

여행은 인생의 축소판이기도 하다. 항상 다른 사람이 갔던 길만 따라 갈 수는 없다. 스스로 개척하면서 부딪히고 성장하는 것이 여행이고 인생이다. 같은 곳을 여행하고 온 사람들이 서로 다른 것을 보고 느끼듯이 각자의 길이 있다. 내가 다른 사람을 만족시켜줄 수도 없다. 그래야 하는 의무도 없다. 나는 그저 내 길을 갈 뿐이다.

꽃길을 걷는다

눈부신 아침이었다. 어느덧 일상처럼 익숙해진 제주행 비행기에 몸을 싣고 잠시 눈을 붙였다. 얼마나 기다렸던 날인지 모른다. 생일을 제주에서 보내고 싶었지만 평일인 관계로 주말에 미리 생일을 기념하기로 했다. 나의 오랜 로망이었던 오픈카를 타고 제주 해안가를 원 없이 달릴 생각을 하니 흥분이 가라앉지 않았다. 일 년에 딱 하루, 나를 위해 조금 사치를 부려도 된다고 생각했다. 제주의 바람을 맞으며 오픈카를 운전하는 내 모습을 상상하면 자꾸 비실비실 웃음이 새어나왔다. 촌티 난다고 해도 어쩔 수 없다. 좋은 걸 숨길 수는 없다.

렌터카로 달려가 생일을 함께할 오픈카를 받았다. 연둣빛이 제주의 자연과 참 잘 어울렸다. 관광객이 몰리기 전에 빨리 달리고 싶어 애월~하귀 해안도로로 향했다. 수없이 많이 지났던 길이었지만 상쾌한 아침 공

기를 마시며 창문이 아닌 뚜껑을 열고 달려보다니, 가슴이 두근두근했
다. 생전 처음 타본 오픈카에 너무 들뜬 나머지 미처 생각하지 못했던 일
들이 생기기 시작했다. 나의 긴 머리는 제주의 바람에 뒤엉켜 눈앞을 가
렸고 운전하기 불편했다. 설상가상으로 뒷좌석에 놔둔 모자도 바람에
날아갔다. 역시 경험 부족이다. 알았더라면 짐을 그렇게 편하게 놔두지
않았을 텐데 운전 중이라서 모자를 주우러 갈 수도 없었다. 역시 이상과
현실은 많이 다르다는 것을 또 한 번 느꼈다.

미리 예약해둔 당근케이크를 찾으러 케이크 가게로 이동했다. 제주에 와서 별로 하는 거 없이 걷기만 하는 날에는 당근케이크 하나 사서 가방에 넣고 틈틈이 잘라 먹었다. 지인들의 부탁으로 사가기도 하고, 가게에서 조각 케이크로 먹고 갔던 날도 있을 만큼 꽤 자주 가는 곳이다.

공항에서 서부 쪽으로 내려오다 보면 길가에 덩그러니 있는 '하우스레서피'는 그날 만든 케이크가 다 판매되면 문을 닫는다. 워낙 관광객들에게 인기가 많고 예약도 많아서 늦게 가면 못 사는 경우도 있다. 인기에 비해 가게는 아담하고 조용하다. 보통 베이커리 하면 떠오르는 화려함이나 달달함과는 조금 다르다. 소박하면서도 고급스러운 맛, 먹을수록 맛있고 다 먹고 나면 더 먹고 싶어지는 담백하고 질리지 않는 오묘한 매

력이 있다. 유명한 제주 구좌 당근이 콕콕 박혀 있고 크림치즈가 적당히 들어가 부드러우면서도 식감이 좋다.

제주에서 당근케이크로 제2의 인생을 시작하셨다는 남다른 포스의 사장님은 대구 MBC 아나운서 출신으로 미국에서 KBS 리포터와 라디오 코리아 뉴욕앵커를 하셨던 분이다. 어쩐지 목소리도 좋고 말씀을 참 잘하셨다. 나는 이곳에 가면 사장님께 패션에 대해 칭찬을 많이 받았다. 제주에서 나의 패션은 극과 극인데, 오래된 해진 남방을 입고 갔을 때도, "옷 색상이 예뻐요. 자연스럽게 물이 빠진 것 같은데 매력 있네요." 라고 칭찬을 하셨다. 어떻게든 장점을 찾아 칭찬해주시고 예쁘게 봐주신 것 같다. 그 여유 있는 마음을 닮고 싶었다.

당근케이크를 사서 월정리 해변으로 향했다. 사람이 너무 많아서 한동
안 가지 않았는데 날이 날이니만큼 기분을 내보기로 했다. 내가 처음 제
주에 올 때만 해도 조용한 해변이었던 월정리는 카페가 여러 개 들어서
면서 지금은 너무 많이 변해 아쉽다. 특히나 월정리의 상징이었던 '고래
가 될 카페'는 작은 프레임으로 에메랄드 바다를 바라보는 재미가 있는
매력적인 곳이었는데 지금은 평대리의 조용한 곳으로 이사해 카페와 민
박을 운영하고 있다.

내 생일 때 방문하고는 또 한동안 가지 않았는데 '고래가 될 카페'가 없어진다는 얘기를 듣고 한 번 더 가본 게 마지막이었다. 지금 그 자리에는 다른 카페가 들어왔다. 새로운 것에 잘 적응하지 못하는 나는 월정리를 지날 때마다 조금 어색하다. 카페에서 카페로 크게 달라진 게 없는데도 나는 항상 원래 있던 것, 오래된 것들을 좋아한다.

월정(月汀)은 마을의 모양이 반달 같고 바닷가에 접해 있다는 뜻으로, '달이 뜨는 바닷가'라는 의미에서 유래되었다. 월정리 바다색과 같은 월정 블루 레모네이드를 이제는 그 자리에서 마실 수 없다. 바다를 마시는지 음료를 마시는지 모를 만큼 참 아름다웠다. 월정리는 해변가에 낡은 의자가 있는 것으로도 유명했다. 지금은 제주 곳곳에서 흔하게 볼 수 있는 풍경이지만. 특히나 월정리 해변은 사람을 홀리는 매력이 있다. 유혹에 넘어가지 않을 수가 없다. 이곳은 사진촬영 장소로도 유명하다. 어느 각도에서 찍어도 화보가 된다는 말이 괜히 나온 말이 아니다.

봄볕 내리는 해변가에 앉아 바다를 바라보고 걷고, 봄바람 샤워를 해보면 봄은 내 곁에 아주 가까이 와 있다. 계절의 변화에 무딘 사람들도 가장 진하게 실감하는 계절은 봄기운일 것이다. 이왕 오픈카를 렌트했으니 제주의 바람을 더 느끼고 싶었다. 이번에는 짐을 뒷좌석에 잘 갈무리하고 다시 차의 뚜껑을 열었다.

가는 길마다 벚꽃과 유채꽃이 가득했던 찬란한 어느 봄날,
혼자라도 외롭지 않았다.

생존의 소리, 숨비

제주를 알기 전에는 하루에도 열두 번씩 뛰쳐나가고 싶던 회사에서 내가 숨 쉬기 위해 찾은 곳은 건물 옥상뿐이었다. 그러나 나와 비슷한 표정으로 깊은 한숨을 내쉬며 앉아 있던 몇몇의 사람들을 보면 위로가 되기는커녕 더 답답했다. 나도 바보 같지만 저 사람도 참 답답하다는 생각이 들었다. 어쩌다 서로 눈이 마주치면 재빨리 피하기 바빴고, 같은 모습으로 그곳에 있는 게 불편해서 오래 앉아 있지도 못했다.

제주에서 부동산을 다니며 알게 된 하도리는 나에게 생각할 시간과 환경을 만들어주는 최적의 장소였다. 제주의 마을은 각각 그만의 분위기가 있는데 하도리 역시 다른 마을과 같은 듯 조금 다른 분위기가 있다. 제주에서는 어딜 가든 쉽게 돌담을 볼 수 있지만 초가집은 많지 않다. 하도리에는 해녀가 직접 운영하는 초가집 민박이 있다. 앞에는 바다, 옆에

는 돌담과 초가집이 보이는 풍경을 한눈에 볼 수 있는 곳이다. 제주에 지
어진 초가는 자연에서 구하기 쉬운 나무, 흙, 돌, 띠를 이용해 지어졌다.
바람이 유독 많이 부는 곳이라 강한 비바람을 견뎌내야 했기에 초가지
붕을 줄로 동여매고 벽도 돌을 이용하여 쌓았다고 한다. 초가집을 통해
제주 사람의 지혜를 엿볼 수 있었다.

이곳이 조금 색다르게 느껴지는 또 하나의 이유는 철새들의 낙원인 철
새도래지가 있어서다. 해안도로를 드라이브하다 보면 쉽게 만날 수 있
는 철새도래지는 일몰 여행지로 많은 사람들이 추천하는 곳이기도 하
다. 그 앞에 잠시 앉아 사색하기에도 꽤 멋지다. 철새도래지 호수 너머
로 보이는 우직한 모습의 지미봉을 바라보고 있으면 그곳까지 오르고
싶어진다. 사시사철 이색적인 풍경을 자랑하는 곳이지만 특히 가을빛이
호수와 만나는 시기에는 숨죽여 침묵하게 된다.

하도리에는 해녀박물관도 있다. 해녀의 역사와 삶을 느낄 수 있는 해녀 마을이기도 하다. 실제로 근처 바다에 나가면 물질하고 있는 해녀들을 볼 수 있다. 조용한 날 바다를 바라보고 있노라면 휘~익, 휘, 휘 하는 소리가 들린다. 해녀들이 숨을 참았다가 물 밖으로 고개를 내밀 때 나오는 숨소리인데, 이 소리를 '숨비소리'라고 한다. 몸속의 이산화탄소를 빠르게 내뱉는 생존의 소리이기도 하다. 처음에는 무슨 소리인지 몰라 겁이 나서 주위를 계속 둘러보곤 했었다.

자세히 듣고 있으면 흐느끼는 소리처럼 들리기도 한다. 아무 생각 없이 그저 바다가 좋아서 바라볼 때와는 생각이 조금 달라진다. 바다와 가까

이 생활하는 분들을 직접 보니 저 숨비소리가 얼마나 많은 인내 뒤에 뱉
어지는지를, 하나라도 더 건져서 가족의 삶을 지탱하기 위해 노력하는
생존의 숨소리라는 것을 생각하니 마음이 짠하다. 세상에서 가장 아름
다운 호흡이 아닐까. 해녀들이 물질하는 시기에는 해산물도 판매하는데
갓 잡아 올린 싱싱한 해산물을 맛볼 수 있는 좋은 기회다.

지구상에서 가장 진취적인 여성이라는 해녀들의 삶을 보여주는 영화가
있는데 다큐멘터리 〈물숨〉이다. 살기 위해 숨을 멈춰야만 하는 여인들
의 진짜 이야기를 보고 있으면 그녀들의 삶은 물빛보다 더 빛나고 위대

하다는 생각이 절로 든다. 제주의 속살과 해녀, 제주 어머니의 삶을 알고 싶다면 꼭 한 번 보라고 추천하고 싶다. 자연과 함께한 그녀들의 고단한 삶이 고스란히 느껴진다.

그 누구도 바다와의 아픈 사연이 없는 사람이 없다. 그럼에도 바다를 외면하지 못하고 봄, 여름, 가을, 겨울 할 것 없이 사계절 내내 바다에서 살아간다. 해녀에게 바다는 삶의 무대이자 무덤이라는 말이 아주 조금은 와 닿는다.

바다는 사람이 위로해줄 수 없는 삶의 상처를 보듬어주고, 치유해준다. 그런 바다 속에서 눈물을 삼키고 웃음을 던지던 해녀들의 삶이야말로 제주의 역사이자 정신이다. 제주 어디에서나 해녀를 볼 수 있지만 나는 유난히 이곳 하도리에서 만나는 해녀들의 모습이 정겹고 좋다.

살아보니까 별거 없어요.

그냥 내 옆에 내 사람만 있으면
어떻게든 살게 돼요.

그게 거의 인생의 전부예요.

4 비우기, 덜어내기, 가벼워지기

두 얼굴의 바다, 광치기 해변

여행을 하다 보면 관광객들이 많이 찾지 않는 자신만의 비밀의 장소 같은 곳을 찾게 된다. 처음 광치기 해변을 갔을 때, 따뜻한 봄날의 성수기였는데도 불구하고 사람이 거의 없었다. 이곳이 비밀스러웠던 이유는 그동안 봐오던 제주의 해변과는 달랐기 때문이다. 모래사장은 검은색에 가깝고, 주변에 편의시설과 해수욕을 즐기는 사람을 볼 수 없었다.

광치기 해변은 바닷물의 물때를 맞춰 가야만 자신만의 진짜 모습을 드러낸다. 물때는 바닷물의 움직임을 말하는 것으로, 우리가 흔히 알고 있는 밀물과 썰물을 잘 구분해서 방문해야 한다. 바닷물이 가득 들어오는 시간에는 특별히 다른 점을 찾기 어렵다. 그러니 꼭 썰물 시간에 맞춰 가야 한다. 물때는 매일 같은 시간에 열리는 게 아니다. 하늘에 떠 있는 달의 위치에 따라 물의 높이가 달라지면서 생기는 현상이다. 한낮이라도 하늘에 달이 떠 있는 경우가 있는데 그럴 때는 밀물이라고 보면 된다. 물론 100% 확실한 방법은 아니니 일기예보를 잘 확인하는 것이 가장 좋다.

성산일출봉에서 섭지코지로 가는 길목에 있는 광치기 해안은 승마체험을 할 수 있는 곳으로 유명하다. 처음에는 해변에서 말을 타다니 얼마나 신기했는지 모른다. 동물 공포증 때문에 나는 타보지 못했지만 바다 앞을 가로질러 달리는 역동적인 말의 모습은 외국영화를 보는 것 같았다. 그렇게 다른 사람이 승마하는 모습만 구경해도 지루하지 않았다.

광치기 해변은 '빛이 흠뻑 비춘다'는 뜻이라고 알려져 있는데 또 다른 오
싹한 이야기도 있다. 동쪽 바닷가에서 고기잡이를 하다가 배가 전복되
는 사고가 빈번했는데, 시신들이 이곳 성산항 쪽으로 떠내려 왔다. 마을
사람들은 시신을 수습하는 곳이라고 해서 '관치기'라고 불렀고, 제주 사
투리의 억양 탓에 '광치기'로 불리게 됐다는 이야기다. 유난히 독특한 이
름이 궁금했는데, 그래서 사람이 드물고 혼자 사색을 즐기는 곳으로 좋
은 건가 싶어 괜히 무서워지기도 했다.

따뜻한 봄날의 광치기 해변과는 또 다를 한겨울의 모습이 보고 싶었다.
공항에 도착해 바로 광치기 해변으로 갔다. 물때를 확인하고 간조와 만
조 시간을 맞춰서 가면 임팩트 있는 풍경을 볼 수 있다는 것을 알면서도
그런 거 생각할 겨를 없이 무작정 갔다. 그 사이 TV에도 몇 번 나왔다더
니 매스컴의 힘인지 추운 겨울임에도 예전보다는 사람이 꽤 많았다.

전에 왔던 그곳이 아닌 것 같고 처음 온 듯 새로운 기분이었다. 대자연의
신비함이 느껴지는 신세계였다. 특히 운 좋게 썰물 시간이 맞아 볼 수 있
었던, 바다에 잠겨 있던 이끼바위가 모습을 드러내는 숨은 비경은 사진
으로 다 담을 수 없어 아쉬운 마음이 가득했다. 바위 위의 녹색 이끼들이
노을빛에 비껴 보석처럼 빛났다. 초록 바다이끼가 가득한 새로운 세계
는 모든 것을 잊게 해주었다.

바로 맞은편에는 한겨울에도 볼 수 있는 유채꽃밭이 있으니 초록과 노랑으로 이곳은 언제나 봄일 것 같았다. 겨울인지 봄인지 계절을 잊은 채한없이 걷고 또 걸었다. 아무 생각 없이 걷다 보면 몸과 마음에 쌓인 나쁜 기운이 조금씩 사라지고 복잡한 마음이 정리되었다. 한 걸음 한 걸음걸을 때마다 무엇인가를 채우기에 급급했던 일상에서 벗어나 내 안에욕심을 덜어내는 순간들을 만나게 된다.

푸르름이 가득한 초록빛 땅 위의 길, 물 위의 길, 하늘 위의 길이 열리고바람과 구름도 쉬어간다는 광치기 해변에서는 꼭 혼자 걸어야 한다. 손에 아무것도 쥔 것 없이 혼자 온전히 사색에 잠기는 시간이 얼마나 될까.아무것도 없이 자연 속에 있을 때 오히려 시간을 자유롭게 누리며 살 수있을 것 같다.

인간은 절대 혼자 살아갈 수 없다고 한다.
혼자이고 싶어도 온전히 혼자가 되는 것도 힘들다.
그러니 잠시 혼자 걷는다고 외로워 말길.
혼자 걷는다고 서러워 말길.
그 어느 해변보다 환상적인 물빛이 함께해줄 테니까.

아무것도 아닌 이야기

요즘 다양한 분야에서 '덕후'라는 말이 참 많이 쓰인다. 일본어인 오타쿠(御宅)를 한국식 발음으로 바꾼 '오덕후'의 줄임말이다. 오타쿠는 1970년대 일본에서 등장한 신조어로 원래 집이나 댁(당신의 높임말)이라는 뜻이지만 집 안에만 틀어박혀 취미 생활을 하는, 사회성이 부족한 사람이라는 의미로 사용된다고 한다. 어떤 분야에 몰두해 마니아 이상의 열정과 흥미를 가지고 있는 사람이라는 긍정적인 의미로도 쓰인다.

TV나 잡지에 소개되는 덕후들을 보면 예전에는 참 한심하다는 소리를 들었을 법한 게임, 만화, 캐릭터 분야에 푹 빠져 있는 사람들이었다. 하지만 오히려 거기서 또 다른 자신의 재능을 찾아 제2의 인생을 시작한 사람도 많다. 파워 블로거가 되고 기업에서 특별한 능력과 경험을 가진 인재로 스카우트되는 경우도 있다. 삶이 완전히 피폐해질 만큼이 아니라면, 무언가에 푹 빠져 시간가는 줄 모르고 행복한 것이 있는 것도 괜찮다고 생각한다.

창의적인 사람이 되려면 자신만의 생각이 있어야 한다. 자신이 무엇을 좋아하는지, 무엇에 몰두할 수 있는지를 고민하는 여유가 있어야 창의성을 키울 수 있다. 자신을 잘 정의하고 있어야 자신의 한계도 알게 되고, 자존감도 생기며 휘둘리지 않게 된다. 그런 면에서 보통 사람들보다 덕후가 더 창의적이고 자존감이 높은 것 같다. 자신이 무엇을 좋아하는지 몰라서 방황하는 사람들은 의욕이 없고 틀에 박힌 생활을 하게 된다.

나 역시 그렇게 방황한 시간이 꽤 길었다. 지금도 굳이 덕후라고 내세울 만한 건 없지만 제주를 알게 되면서 아주 조금은 활기차게 변했다. 여행 가라고 하기에는 소심하고 어설퍼도 그냥 내가 좋아서 다니고 있으니 여행자라고 해두자. 또 하나 어설프게 덕후 흉내를 내는 게 있다. 핑크색과 헬로키티다. 이제는 좀 멀리해야 할 나이가 됐는데도 아직 그러지 못하고 있다. 헬로키티 아일랜드가 제주에 있다는데 안 가볼 수 없었다. 비행기 티켓을 예매하고 헬로키티 아일랜드 입장권을 할인받아 저렴하게 구매했다. 서귀포시에 있어서 제주시를 지나가야 하니까 중간에 잠시 비자림에 들려야겠다는 계획도 세웠다. 오랜만에 제주에서 빡빡하게 시간을 보내게 됐다.

제주공항에 도착해 렌트한 자동차를 받는 일은 일상처럼 자연스러웠다. 지체할 시간 없이 바로 비자림으로 향했다. 한 시간을 달려 도착한 비자림에는 좋은 날씨 덕에 일찍부터 사람들이 보였다. 처음 제주 여행을 왔을 때 비자림에 갔었다. 그때는 해외 관광객들이 너무 많아서 제대로 보지 못하고 언젠가 다시 한 번 가겠다고 벼르던 곳이다. 두 번째 방문했을 때는 날을 정말 잘 잡았는지 날씨도 좋고 해외 관광객들도 거의 없어서 고요했다.

비자림은 우리나라 천연기념물 제374호로, 문화재청에서 소유하고 있다. 그래서인지 입장료도 저렴하다. 비자나무 2570그루가 밀집한 숲이

라고 볼 수 있는데, 청명하고 푸른 나무라서 보는 것만으로도 마음이 안
정된다. 두 시간 정도 걸어본 비자림은 힐링 그 자체였다. 지친 일상에
서 벗어나고 싶을 때, 복잡한 도시를 떠나 마음의 안정을 찾고 싶을 때
찾기 좋은 곳이다. 사진에 공기를 담을 수 있다면 좋겠다. 매일 가지고
다니면 몸과 마음에 병이 들지 않을 것 같다.

배고픔도 잊은 채 헬로키티 아이랜드로 향했다. 키티천국에서 보낼 시
간을 생각하니 아이처럼 신났다. 걷고 운전하고를 반복하느라 지칠 만
도 했지만 내가 즐거우면 없던 체력도 생기는 것 같은 기분이다. 파란 봄
하늘과 잘 어울리는 헬로키티 아일랜드는 핑크색 외관과 키티의 큰 조
형물로 그냥 지나칠 수 없는 모습이었다. 가족 단위의 여행객이 많고 특
히 어린아이들이 좋아할 만한 공간에서 30대 여자가 이렇게 신나게 놀
아도 되는 걸까 잠시 소심해졌다. 그런 생각도 잠깐 온 세상이 핑크색인
듯 사랑스럽고 여기저기 키티들이 보이기 시작하자 정신을 놓고 놀았
다. 지금이 아니면 언제 이러고 놀아보겠나 싶어서 다 내려놓고 눈치 보
지 않고 즐겼다. 역시 이렇게 해보니까 아무것도 아니다. 후회가 없다.

제주에서 서귀포까지 종일 5~6시간을 운전하고 걷고 돌아다녔다. 힘들다는 생각보다 후련하고 마음이 편했다. 다시 그날처럼 다닌다고 해도 그날의 냄새, 느낌, 그 모습, 모든 것을 그대로 온전히 느낄 수 있을까? 지금이 아니면 할 수 없는 것들은 그냥 아무 생각하지 말고 하자. 제주에 다니면서 내가 느낀 것 중에 하나다.

이주를 할 거라면

그동안 꾸준히 다니며 나름 열심히 알아봤지만 일개 직장인이 모은 돈으로는 제주에서 땅을 구입할 수 없었다. 더구나 그 사이 해가 넘어가면서 제주 땅값은 천정부지로 치솟았다. 유명 연예인들이 세컨드하우스와 별장을 마련하기 시작하면서 부르는 게 값이 됐으니 이제 꿈도 꾸지 못한다. 부동산 사장님께서 추천해주셨던 대로 연세로 작은 집을 계약해서 일 년씩 사는 방법 외에는 제주에서 나만의 공간을 마련하기란 힘들다.

오름에 올라 내려다보면 소박해 보이는 제주의 집들이 감히 상상도 할 수 없는 가격이라고 생각하니 착잡했다. 어쩌면 제주에 나를 위한 집 따위는 아예 없을지도 모른다는 생각에 울적해졌다. 제주로 이주하고 싶어 하는 사람들에게 그나마 내가 발품을 팔아서 알게 된 정보를 전해주고 싶다. 사실 인터넷이나 책, SNS를 통해 다들 많이 보고 들은 얘기일지도 모른다.

'

나도 초창기에는 바닷가 근처에 있는 땅을 구입해서 작은 집을 짓고 싶다는 로망을 갖고 있었다. 하지만 이건 아주 조금만 알아봐도 누구나 추천하지 않는다. 가격이 비싼 건 둘째 치고 습기 때문에 빨래도 잘 마르지 않고 집안 물건도 쉽게 녹이 슨다는 단점이 있다. 거기다 바닷가 주변에서 살아보지 않았던 외지인이라면 적응은 더욱 힘들다. 제주에 살게 된다면 어차피 바다는 언제든지 보러 갈 수 있다.

나의 로망은 이랬다. 바닷가 근처는 아니지만 걸어 나가서 바다를 볼 수 있을 정도의 거리에 돌담집이나 전원주택, 거기에 온종일 햇살이 스며들고, 앞마당에는 푸른 잔디와 텃밭의 당근, 뒤뜰에는 감귤나무를 심은 모습이었다. 하지만 이런 나의 로망을 깨는 현실적인 이유가 또 있었다. 제주 전원주택에는 곤충과 벌레가 자주 보인다. 벌레를 무서워하고 싫어하는 내가 적응하긴 힘들 거다. 이렇게 막연한 환상만 가지고 이주하면 육지에서의 생활보다 더 힘들어질 수도 있다고 한다.

완전히 이주할 거라면 직접 발품을 팔아 다니고 느끼면서 살고 싶은 지역의 범위를 좁혀 확실하게 정하는 게 좋다. 깊이 들어갈수록 의외로 복잡하고 알수록 신기한 제주 이주 준비는 정말 현실적이고 구체적인 계획이 필요하다. 특히 여유 있게 살만큼 자금이 준비되지 않은 사람이 직업 문제를 해결하지 않고 이주를 결정한다면 다시 돌아가게 될 수도 있다. 우선 제주에 가서 어떻게든 해보자는 식의 선택은 금물이다. 직장을 구하는 일도 경제활동도 육지에서보다 어려우면 어려웠지 절대 쉽지 않다.

혼자 오게 된다면 의지할 사람이 없다. 제주의 밤은 매우 한적하고 저녁에는 갈 곳도 마땅치 않다. 나도 대부분 혼자 여행을 다닌 탓에 당일치기가 많았지만 1박을 하더라도 밤에는 거의 다녀본 적이 없다. 아무리 제주가 많이 발전됐다고는 하지만 지방이고 섬이다. 이주를 생각한다면 무턱대고 땅이나 집부터 구입하지 말고, 틈틈이 여행을 다니든 한 달 살기부터 시작하든 해서 장단점을 파악해야 한다. 제주에 저렴하면서 좋은 땅, 좋은 집은 없다.

이러나저러나 '사람 사는 게 다 거기서 거기지 뭐'라고 생각하고 그래도 이주하고 싶다면 마음가짐이 가장 중요할 것 같다. 육지에서보다 덜 벌고, 덜 갖고, 누리지 못하더라도 자연이 주는 선물로 만족하고 행복을 느낄 수 있다면 해볼 만하지 않을까.

단, 제주에서는 뭐든 선택의 폭이 좁다. 조금 심심한 것도 즐길 수 있어야 한다. 그동안 관광객과는 아무 상관이 없는 전형적인 제주 주택들이 모여 있는 마을을 많이 걸어 다녔다. 진짜 제주를 알고 싶었다. 제주마을의 골목을 좋아했던 이유는 일상의 안락함, 고요하고 따뜻함을 느낄 수 있어서였다.

저 구름을 가져갈 수 있다면

익숙해진다는 것, 한편으로는 편안해지고 있는 감정이지만 어쩌면 위험하기도 하다. 소중했던 무언가가 익숙함에 녹아들면 별게 아닌 게 되기도 하고, 그렇게 바라던 순간임에도 어느덧 당연하게 느껴질 때가 있다.

제주에 너무 익숙해진 걸까. 처음 몇 번 여행을 다닐 때만 해도 녹색 들판과 검은 돌을 볼 수 있다는 것 자체가 신기했었다. 풍경에 넋을 잃으면서도 마음 한구석 약간의 긴장을 놓지는 않았다. 그래서 단 한 번도 실수한 적이 없었는데 편해진 마음에 긴장이 사라지면서 비행시간을 착각하는 일이 발생했다.

처음에는 순조로웠다. 제주공항에 도착해 렌트한 자동차를 받아 '순옥이네명가'로 향했다. 내가 전복물회를 먹으러 종종 가는 곳이다. 앞에서

도 말했듯이 나는 맛집인지 아닌지 모르고 다니는 식당이 많다. 사람마다
입맛과 취향이 다르므로 추천도 하지 않는다. 그저 내가 좋아서 자주 가
는 음식점이다. 전복물회를 후루룩 먹고 레일바이크를 타러 이동했다.

레일바이크를 탄 후 바로 옆에 있는 용눈이오름에 오를 계획이었다. 제
주에서 내비게이션을 켜면 인사말로 자주 나오는 곳이 용눈이오름이다.
여러 번 가봤지만 계절이 바뀌면 또 다른 모습일 것 같아 다시 한 번 가
보기로 했다. 레일바이크는 거의 반자동으로 가기 때문에 페달을 세게
밟을 필요가 없다. 그래서 주위 오름과 풍경을 둘러볼 수 있고, 탁 트인
푸른 들판의 말도 보인다. 그 옆을 달리는 기분이란 자연 위로 날아오르
는 것처럼 상쾌하다. 이곳은 제주의 오름과 바람, 동물, 자연을 한 번에
경험할 수 있어 좋다. 30~40분의 시간이 생각보다 빨리 흘러갔다.

제주의 많은 오름 중에서 용눈이오름은 오르기 쉬운 쪽에 속한다. 욕심 내지 않고 천천히 오르는 게 중요하지만 그게 쉽지는 않다. 오르기 시작 하면 왜 그렇게 헉헉대면서도 자꾸 빨리 가려고 하는지 모르겠다. 아직 은 인생도, 오름도 속도 조절이 쉽지 않다. 용눈이오름을 오르다 보면 가 까이 있는 다랑쉬오름도 볼 수 있고, 제주 동부가 한눈에 들어온다. 밑에 서 올라야 하는 길을 보면 멀게 느껴지긴 해도 길의 곡선은 참 예쁘다.

제주에 여행을 다니기 전에는 특별히 산을 좋아하지 않았다. 오히려 바 다가 좋았고 여행의 전부였다. 제주의 이곳저곳 속살이 보고 싶어지면 서 오름을 오르기 시작했다. 나이가 들면 산이 좋아진다고들 하던데, 그 것 때문은 아니라고 하고 싶다.

오름의 초록 들판들을 보며 걷고 있노라면 오길 잘했다는 생각이 든다. 제주의 푸른 에너지로 가득 채워지는 것 같다. 물론 여기저기 동물들의

똥이 있어서 잘 보며 걸어야 한다. 그것 자체가 자연 그대로의 모습이라 거부감은 없지만 계속 밟을 수도 없는 노릇이다.

생각보다 빨리 정상에 올랐다. 경관 안내문을 보며 저기 보이는 게 우도, 저쪽이 성산일출봉 하며 자연 속의 숨은그림찾기도 해본다. 애매한 시간 이라 그런지 사람도 몇 명 없고 조용했다. 벤치에 한참을 혼자 앉아 있었 다. 나를 향해 적당히 부는 바람과 한눈에 들어오는 제주의 풍경을 내려다 보고 있으니 욕심내지 않아도 세상이 다 내 것인 듯 풍족한 기분이었다.

앉아 있던 벤치에 그대로 누웠다. 분명 몸은 그리 편하지 않은데 좋다는 말이 절로 나온다. 오름에 올라 하늘을 보면 제주의 하늘은 유난히 푸르고 구름은 손에 잡힐 듯 아주 가깝다. 좋은 꿈을 꾸며 웃으면서 자는 사람처럼 그렇게 제주 하늘 아래에서 두 눈을 감고 한참 웃었다.

긴장이 풀리고 지나치게 여유를 부렸다. 시간을 보고 깜짝 놀라 벌떡 일어났다. 비행기 탑승 시간보다 30분 일찍 도착해야 하는데 그날따라 왜 아무 생각 없이 딱 비행시간에 맞춰 갈 생각을 했는지 모르겠다. 방금 전까지 자연을 한껏 느끼던 사람은 온데간데없이 정말 최선을 다해 빨리 내려갔다.

아무리 늦어도 안전운전을 잊지 않고 무사히 공항에 도착해 렌트한 차를 반납할 때 전화가 왔다. 공항이었다. 지금 도착했다고 말씀드리고 비행기를 타러 뛰어가고 있는데 공항에서 방송이 나오고 있었다. 내 이름

을 부르고 있다. 이게 무슨 민폐인지 민망함에 더 빨리 뛰었다. 수십 번
다니고 있는 곳에서 이런 실수를 하다니 왜 그랬는지 모르겠다. 얼마나
뛰었는지 등이 땀에 젖은 채 비행기에 겨우 탑승했다. 거친 숨소리를 몰
아쉬느라 비행기가 이륙을 하는지 어쩐지 느낄 새도 없었다. 친절한 승
무원이 건네는 물 한 잔을 받아 마시고는 다리에 힘이 풀린 채 그대로 깊
은 잠에 빠졌다.

학창시절부터 회사생활을 하면서도 나는 언제나 제일 먼저 출근했다.
게으른 것을 보지 못하는 아빠 덕분에 부지런함으로는 누구에게도 뒤
지지 않았다. 여행을 가도 쓸데없이 일찍 도착해 기다리는 일이 많았다.
무슨 일에서든 지각은 게으르다고 생각했다. 이제는 게으름과 여유를
조금 다르게 생각할 줄 알게 되었다. 게으름은 해야 할 일이 있고 그것을
당장 해야 한다는 것을 알면서도 귀찮아서 쉬고 싶은 욕심이다. 여유는
심적으로 편안한 상태가 되는 것을 뜻하는 것 같다. 나는 용눈이오름에
서 게으르지 않고 살짝 여유를 부렸던 거다.

하지만 아무리 여유가 있어도 지나치면 화를 불러오나 보다. 〈토끼와 거
북이〉의 토끼가 그랬듯이. 여유 있는 마음을 가지는 것은 좋지만 그것이
게으름으로 발전하지 않도록 자신을 늘 경계하는 것을 잊지 말아야겠다.

감정 처리

다시 월요일. 숨 막히는 일상으로 돌아와 먹고 살기 위해 또 다시 전쟁
터에 있다. 한숨이 절로 나오며 '뭐 재밌는 일 없을까?'를 생각하지만 재
미를 찾기에는 참 끔찍한 일상이다. 일상이 바빠지면 결국 숨이 가쁘고,
피로는 쌓인다. 빠른 속도에 맞추느라 주변을 살필 경황이 없다. 시야도
좁아지고 내 마음도 좁아지고 멀리 내다보지 못한다. 모든 것이 정신없
이 스쳐간다.

인생 최대의 고민 중 하나, '점심에 뭐 먹지?'를 고민하고 있을 때, 메시
지 알림소리가 들렸다. 광고 문자겠지 싶어 별 생각 없이 확인 버튼을 눌
렀다. '축하합니다'로 시작되는 장문의 문자. 내가 이벤트에 당첨됐단
다. 응모한 이벤트가 없는데 무슨 당첨인가 싶어 지우려던 찰나 '제주도'
라는 단어 하나가 눈에 띄었다.

알고 보니 비행기 티켓을 예매할 때 자동으로 응모된 이벤트였다. 당첨 상품은 2박3일 제주도 여행상품권으로 항공, 숙박, 렌터카를 이용할 수 있다는 내용이었다. 이게 웬 떡이냐 싶었지만 이런 행운에 익숙하지 않은지라 꼼꼼히 읽어본 후 안내된 전화번호로 전화를 걸었다. 의심될 만한 내용을 문의하고 확인한 결과 아무 문제없었다. 이렇게 또 한 번 제주를 갈 수 있게 되다니, 갑자기 마음이 말랑말랑해졌다. 2박3일을 어떻게 알차게 보내야 할까를 생각하며 보내는 시간마저 제주에 있는 듯한 느낌이었다.

2박3일의 일정은 애월읍으로 결정했다. 동쪽 마을만큼 자주 가보지 않았던 서쪽 마을을 작은 경차를 렌트해서 구석구석 둘러볼 생각이었다. 한림해안도로에 위치한 '서촌제'에 도착해 두부를 품은 흑돼지돈가스를 주문했다. 재료가 소진되면 영업을 끝낸다고 했다. 뭔가 자신감이 느껴졌다. 가게 이름인 서촌제의 뜻은 '서울 촌놈 in 제주'.

귀덕리의 한가로운 해변을 바라보며 겉과 속이 부드러운 어마어마한 양의 돈가스를 조용히 해치웠다. 너무 배가 불러 움직이기 힘든 와중에도 옆 테이블에서 먹고 있는 한치 품은 쫄면으로 자꾸 눈길이 갔다. 내일 다시 와서 쫄면을 먹을 수 있다고 생각하고서야 미련 없이 일어날 수 있었다. 당일치기였다면 둘 중에 뭘 먹을지 한참 고민하다 결정장애에 빠졌을 거다.

소화시키려면 걸어야 했다. 납읍리의 난대림 지대인 금산공원에 가서 걸으며 잠시 쉬기로 했다. 다양한 식물 200여 종이 숲을 이루고 있는 상록수림인데 산책로가 길지 않아 30~40분이면 다 돌 수 있다. 큰 나무들이 숲의 역사를 보여주고 있었다. 한 화면에 담기지 않아 사진 찍기도 힘들 정도였다. 제주는 숲이 참 많은데 볼 때마다 숲의 색깔이, 채도와 명도가 다르다. 금산공원은 인위적인 손길이 많이 닿지 않아 원시적인 느낌이 더 들었다. 제주 여행 중에 잠시 쉼표 하나 찍고 가기 좋은 곳이다.

본격적으로 애월읍을 드라이브하며 소길리와 고성리를 지나 마을 이곳저곳을 다녔다. 애월읍은 동쪽마을보다 조금 더 부자동네인가 보다. 분위기도 좀 다르고, 이런 집에 사는 사람은 누굴까 궁금해지는 비싸 보이는 집들이 많다. 유명 연예인들의 집이나 별장이 애월읍에 많이 모여 있다던데 그래서 그렇게 느껴지는지도 모르겠다. 나와는 다른 세상에 사는 사람들이 사는 곳 같아서 조금 낯설다. 제주에 와서도 이런 기분을 느껴야 하나 싶어 재빨리 그곳을 벗어났다.

"좋~다, 여기가 제일 편하다."
바다가 훤히 내려다보이는 숙소로 들어가 짐을 풀고 드러누우니 할머니 같은 소리가 절로 나온다. 멀쩡한 침대를 놔두고 바다와 더 가까운 테라스 큰 창가 앞 바닥에 누워 꿀잠을 잤다. 새벽에 일어나 창문을 열지 않아도 눈만 뜨면 보이는 제주 바다와 해안도로는 그 자리에서 나를 꿈쩍도 하기 싫게 만들었다.

평소에는 해가 지는지도 모르게 하루가 가고, 회사에 갇혀 하늘을 보지 못했다. 해가 어디쯤 떠 있고 구름은 어디로 흘러가는지 알 수 없었다. 계절은 계속 바뀌는데 사무실의 온도는 일 년 동안 큰 변화 없이 비슷했다. 제주를 알기 전에는 나의 일상도 비슷했다.

회사와 집만 오가는 한 치도 벗어나지 못하는 일상 속에서 쌓이고 쌓인 스트레스는 풀지 못한 감정의 찌꺼기로 쌓여 있었다. 오랜 시간 쌓여온 감정들을 처리하지 못했다면 커다란 짐 덩어리를 등에 매고 살았을 것 같다. 그 짐 덩어리가 나를 짓누르고 있다는 것을 알지도 못했을 거다. 감정은 매일, 매순간 처리해야 한다. 부정적인 감정이 처리될 때, 본래의 생명력을 회복하고 생각대로 원하는 하루를 살아낼 수 있다. 다행히 제주를 만나 조금씩 감정을 처리하며 살 수 있게 되었다.

한참을 꼼지락거리다 지나치게 좋은 날씨를 그냥 보낼 수 없어 바다에 나가 앉아 있기로 했다. 가을 햇살 머금은 바다가 반짝거린다. 왜 밖에만 나오면 배가 고픈 걸까. '서촌제'에 다시 가서 한치 품은 쫄면을 먹었다. 야채가 가득 들어간 쫄면은 한치와 함께 식감이 쫄깃하다. 또 배가 빵빵하다. 이럴 땐 오름에 올라야지. 가을에는 억새가 만발한다던 새별오름에 가기로 했다. 서부 오름을 대표하는 오름인데, 아직 가보지 않았으니 지금이 딱이라고 생각했다. 밤하늘에 샛별처럼 외롭게 서 있다고 해서 붙여진 이름 새별오름, 이름이 참 예쁘다. 날씨도 좋고 관광객도 꽤 많았다. 경사는 약간 있지만 그렇게 높지 않아서 올라갈 만하다.

용눈이오름에서처럼 혼자 조용히 시간을 보내지는 못했다. 제주 서쪽의 해변과 비양도가 훤히 보이는 풍경에 사진 찍는 사람들이 많았다. 거기다 억새의 명소로 불리는 새별오름의 은빛 억새는 바람에 살랑살랑 거리며 은빛 가을로 물들고 있었다. 혼자 정상에 오르니 사진을 찍어줄 사람도, 정상에 올랐다는 보람을 나눌 사람도 없어 아주 잠깐 외로웠다. 가을 감성 한가득 안고 내려오는 길에 이름 모를 들꽃을 만났다.

네 이름은 뭐니?

초록 비 내리는 공천포

공항버스는 시간을 참 잘 맞춘다. 웬만해서는 버스시간표에서 크게 벗어나지 않는다. 새벽 첫 버스를 타고 김포공항으로 향했다. 평소보다 조금 일찍 도착한 공항은 한산했다. TV 앞 의자에 앉았다. 얼마 후 옆 자리의 아저씨가 보고 있던 신문을 의자에 놓고 일어나셨다. 별 생각 없이 집어든 신문을 펴자 오늘의 운세가 보였다. 어릴 때 집으로 매일 배달되던 스포츠신문의 운세 코너에는 내 출생년도가 나오지 않아 늘 궁금했었다. 지금은 꽤 위에 올라와 있어서 심란하다. 운세를 읽어보니 행운의 숫자는 2, 색상은 파랑, 방향은 남쪽으로 가란다. 딱히 계획을 짜둔 제주행은 아니었기에 운세대로 해보기로 했다.

우선 남쪽이니까 서귀포로 내려가야 하고, 나머지는 비행기를 타고 천천히 생각하기로 했다. 파랑은 제주의 하늘이나 바다를 보면 되니까 아주 쉬운 일이었다. 그나저나 숫자 2는 어째야 하나. 한 번 운세에 빠져 생각하다 보니 거기에 꼭 맞춰야 할 것 같은 의무감이 생겼다. 금세 제주에 도착했다. 서두르지 않고 한참 앉아 있다 사람들이 거의 다 내리고 천천히 내렸다.

버스를 타고 이동하려고 자동차도 렌트하지 않았다. 서귀포로 가려면 시외버스터미널에 가서 버스를 타야 한다. 이른 아침이라 사람 없는 버스 앞자리에 앉아 바깥 풍경을 구경하며 여유를 즐겼다. 딱히 어디를 가겠다고 정한 목적지는 그때까지도 없었다. 그저 서귀포로 가는 버스를 탔을 뿐이다. 한 시간 반쯤 달렸을까. 배가 고파서 뭐든 먹어야겠다는 생각이 들었다. 정류소에 내려 기억을 더듬어 조금 걸어보니 '오는정김밥'이 보였다. 운전해서는 몇 번 갔었는데 버스 타고는 처음 가는 길이라 왠지 낯설었다. 행운의 숫자가 2였으니까 김밥을 두 줄 포장했다. 실은 김밥 한 줄로는 부족해서였지만 그렇게 끼워 맞춰봤다.

김밥을 가방에 고이 넣고 다시 버스를 탔다. 서귀포 마을 안으로 더 들어가 골목 안의 속살을 느껴보고 싶었다. 30분 정도 달려 바다가 보이기 시작하니 여기쯤 내리면 딱 좋겠다는 느낌이 왔다. 내려서 정류장을 보니 마을 이름이 공천포였다. 한 번도 들어보지 못한 곳이다. 이렇게 아직도 가보지 못한 새로운 곳이 정말 많다. 시내에서 버스를 타고 한참 들어가야 하는 시골 속의 시골마을이다.

버스에서 내려 바다가 보이는 길을 따라 걷다 보니 카페가 보이기 시작
했다. 모든 게 오밀조밀 모여 있는, 바다가 반겨주고 돌담과 마을이 잘
어우러진 마을이었다. 시골집 분위기가 물씬 풍기는 게스트 하우스도
보이고 아담한 집들이 모여 길을 만들었다. 내가 좋아하는 분위기, 왠지
나다운 여행이 될 것 같은 느낌이었다. 땡 잡았다. 오늘의 운세가 나에
게 행운을 가져다주는구나. 관광보다는 그 마을의 살아가는 모습을 가
까이 느끼는 게 나에겐 가장 좋은 여행이다.

주민들의 연령대는 조금 높아 보였고 마을은 한산했다. 제주의 바다는
에메랄드빛이 많았는데 공천포의 바다는 코발트블루다. 제주의 다양한
바다색을 보는 것도 여행의 재미 중 하나다. 코발트블루 바다와 제주에
서만 볼 수 있는 검은 현무암의 조화는 어디서도 보기 힘든 독특한 분위
기를 자아낸다. 나의 주특기, 혼자 바다 보며 앉아 있기를 했다. '오는정
김밥'이 함께해줘서 배고프지 않았다.

김밥 한 줄을 금세 먹고 한 줄은 비상식량으로 다시 가방에 넣었다. 마을로 들어가 돌담길을 따라 걷기 시작했다. 집집마다 키우는 진돗개들은 다행히 묶여 있었고, 심심했는지 누가 지나가는 소리만 들려도 돌담 위로 고개를 내밀곤 했다. 나무와 돌담으로 이어진 마을 풍경을 그림으로 그리고 싶었다. 그렇게 마을의 분위기에 흠뻑 빠져 걷고 있는데 갑자기 날씨가 변덕을 부리기 시작한다. 비가 내렸다. 우산을 쓰기도, 쓰지 않기도 애매한 비였다.

당장 들어갈 만한 곳이 없어서 비를 맞을 수밖에 없었다. 부슬비와 제주의 바람이 만든 풍경은 또 새로웠다. 비 오는 날을 가장 싫어하는 내가 비를 맞으면서 멍하니 마을 한복판에 서 있었다. 사방은 그야말로 초록이었다. 빗방울을 머금고 더욱 싱그러움을 뽐내고 있었다. 신선한 공기, 한산한 거리, 그리고 비와 바람을 그대로 맞고 있는 내 모습을 누가 사진으로 찍어주면 좋으련만 오늘도 자연과 나뿐이다.
작은 마을에 고요가 내려앉았다.

부지런히 걸어 정류장으로 갔다. 그치지 않는 비도 피하고 버스도 기다
릴 겸 정류장에 앉았다. 버스 시간을 맞추는 건 짜증날 수도 있지만 가끔
어쩌다 보내는 버스정류장에서의 시간은 생각보다 꽤 낭만적이다. 더구
나 이렇게 여행지에서 비까지 내려준다면 더더욱 그렇다. 낯설고도 정
겨운 이곳에서 문득 혼자인 게 견디기 버겁다. 저 멀리 버스가 오는 게
보였다. 웅크렸던 몸을 일으켜 또 다시 낯선 풍경 속으로 달린다. 버스
를 타고 달리는 기분도 새롭다. 내가 한 번도 가보지 않은 길도 알게 되
고, 가끔 정류장에 멈출 때면 조금 더 오래 그곳을 느낄 수 있다.

스쳐 지나가는 인연도 소중한 인연이라고 했다. 스쳐 지나가듯 여행하
기 좋은 공천포는 서귀포의 매력을 제대로 느낄 수 있게 해줬다. 비록 갑
자기 변한 날씨에 혼자 슬픈 영화를 찍었지만 가장 기억에 남는 서귀포
마을이었다. 현명한 사람은 스치는 인연도 살려낸다더니. 그냥 스쳐 지
날 수 있었던 인연을 놓치지 않고 꽉 잡은 기분이다.
또 만나자, 공천포.

별을 찾다

제주에 땅을 알아보기 시작할 때부터 인터넷 카페나 여러 커뮤니티에
가입했다. 실제 이주한 사람들의 생생한 이야기와 이주를 준비하는 사
람들, 세컨드 하우스를 계획하고 있는 사람들이 모인 공간이다. 제주에
서 일 년 살기와 장기 여행을 하는 사람들도 종종 있다.

그곳에서 내가 올린 글을 보고 나에게 메일을 보낸 분이 있다. 제주에 살
고 계신 분이었는데 그렇게 알게 되어 아주 가끔씩 메일을 주고받는다.
몇 번의 메일이 오가고 실례가 되지 않는다면 연락처를 가르쳐 달라고
했다. 혹시 로맨스로 이어지는 상상을 할까봐 미리 말해두자면 여자다.
제주로 이주한 지는 오래됐는데, 다른 마을로 이사를 준비하고 있다고
했다. 누구보다 제주의 실제 상황을 빨리 접하고 속속들이 잘 알고 있는
지라 물어볼 수 있는 사람이 생겨 든든했다.

몇 번 연락을 주고받던 중에 제주에 자주 오면 언제 한번 놀러오라고 하셨다. 잘 알지 못하는 사이라 살짝 망설여지긴 했지만 직접 만나 더 많은 얘기를 들으면 도움이 될 것 같아 그러기로 했더니 편하게 집으로 오라고 선뜻 초대해주셨다.

제주공항에 도착해 누구보다 능숙하게 비행기에서 내려 렌트한 차를 받았다. 아찔한 S 라인의 곡선도로도 이제 꽤 여유 있게 운전할 수 있게 됐다. 알려준 주소를 따라 수월하게 협재 해수욕장에서 멀지 않은 한림 명월리로 찾아갔더니 이미 식사까지 준비하고 기다리고 계셨다. 어제 만난 동네 사람 맞이하듯 자연스럽게 들어와 밥을 먹으라고 하시는데 이상하게 어색하지가 않았다. 제주 자연의 맛을 그대로 느낄 수 있는 건강한 밥상이었다. 처음 만나서 허겁지겁 밥부터 먹었다. 식사가 끝나자 자연스럽게 감귤차를 내오셨다. 앞마당에 있는 야외테이블에 앉아 집과 주변 풍경을 둘러봤다. 이런 집을 놔두고 왜 이사를 가려고 할까 궁금해질 정도였다. 얘기를 나눠보니 나와 같은 이유였다. 제주의 동쪽 마을에 푹 빠져 일주일에 3~4번은 그쪽으로 드라이브를 다니고 있는데 아예 이사하기로 하셨단다.

밝고 말도 많은 아내와 달리 남편은 과묵한 성격이신가 보다. 갑자기 두 분의 러브스토리와 제주 이주 이야기가 궁금해졌다. 경기도 안성에서 이주한 분들이었다. 아내는 디자이너, 남편은 건축 일을 하신단다. 첫눈에 반해 연애 2개월 만에 결혼했는데 다행히 연애기간이 짧았어도 잘 살고 있다며 웃음 짓는다. 신혼 일 년 차일 때 자연에서 살고 싶은 마음에 충북, 강원, 경남 등 많이 알아봤지만 마땅한 곳을 찾지 못했다. 어쩌다 알게 된 제주에 매력을 느껴 지금은 이주한 지 19년이 된, 제주가 거의 제2의 고향인 분들이다.

처음 이주했을 때만 해도 제주는 지금처럼 쉽게 여행을 다닐 수 없는 곳이었다. 신혼여행이나 아주 특별한 날에 올 수 있는 곳이라 사람의 손때가 묻지 않은 자연 그대로의 모습이 강했다고 한다. 그때는 좀 더 시골이고 사람도 많지 않아서 빈집도 꽤 있었는데, 빈집을 일 년 동안 무료로 살라고 내주는 경우도 있었다니 지금은 상상도 할 수 없는 일이다. 그렇게 제주에서 아이 낳고 큰 욕심 없이 살았는데 이렇게 발전되고 변할 거라고는 생각도 못했다고 하셨다. 유명 연예인들이 몰리면서 말도 안 되게 땅값이 올라 집을 팔고 조금 더 조용한 마을로 가서 살고 싶은 마음이 생겨 알아보고 있는 중이셨다.

예전만큼 저렴하지도 않고 큰 땅만 많이 나와 있어서 여러 명이 함께 구입하고 나누는 건 어떨지 고심 중이셨다. 나에게도 여건이 된다면 생각해보라고 제안하셨다. 마음에 두고 있는 마을도 나와 같은 구좌, 조천 쪽에 대흘리, 와흘리, 선흘리, 종달리 쪽이었다. 경제적인 형편이 안 돼서 조금 더 시간을 갖고 돈을 모아야 한다고 말씀드렸다. 제주에서 연세로 일 년간 살아보기를 먼저 할까 고민하는 나에게 이사 가면 별채를 지을 생각이니 거기에 와서 살아보라고 했다. 그렇게 한참 얘기를 나누다가 이제는 화살이 나에게로 왔다. 왜 아직 짝이 없는 건지, 좋아하는 사람이 없냐고 물으셨다.

"제주에 빠져 지내다 보니 다른 건 관심이 없었어요. 제주에 반했듯이 그렇게 홀딱 반하는 사람이 없네요."

제주에는 어떻게 여행을 다니게 됐는지 질문을 받으니 오랜만에 처음 제주 여행 왔을 때가 생각났다. 그땐 참 어설프고 겁 많고, 짐도 바리바리 싸들고 다니면서 고생했었다. 지금은 몸도 마음도 가볍고 편하게 다닌다. 불과 몇 년 사이에 아이에서 어른이 된 것 같은 기분이었다. 부동산 얘기로 시작해 결국 영양가 없는 수다로 이어졌다. 과묵한 남편 분은 내게 제주에서 가고 싶은데 아직 못 가본 곳이 있는지 물었다.

"가고 싶은 곳이라기보다는 제가 당일치기로 많이 다니고, 혼자 다니기 때문에 밤에는 많이 나가보지 못했어요. 항상 제주의 밤은 비행기나 숙소에

서 바라보기만 했거든요. 밤바다도 보고 밤의 해변에서 좀 걷고 싶어요."

흔쾌히 함께해주시겠다며 나가자고 하셨다. 제주에 다니면서 이렇게 새
로운 사람들과 하루 종일 함께하는 경우는 처음이었다. 일몰이 아름답
기로 소문난 이호테우 해변에 가기로 했다. 운전도 직접 해주셔서 뒷좌
석에 앉아 도로를 달리며 노을이 지기 시작하는 그 짧은 순간도 만날 수
있었다. 오랜 시간을 함께한 부부는 서로에게 편안하고 따뜻한 존재라
는 것을 말하지 않아도 느낄 수 있었다.

해변에 도착해 한참을 걷다가 이렇게 나온 김에 혼자서는 먹을 수 없었
던 해물탕을 저녁으로 먹기로 했다. 거기다 잠자리까지 제공하다니 이
래도 되나 싶을 정도로 부부는 나에게 너무 많은 것을 베풀어주셨다. 제
주 청정해역의 해산물들이 가득 들어간 해물탕을 보니 그동안 내가 먹
은 해물탕은 해물탕도 아니었다는 생각이 들었다. 돌문어와 전복, 꽃게,
조개, 새우가 넘칠 만큼 푸짐했다. 점점 대화가 편해지면서 과묵해 보이
던 남편 분의 표정도 부드러워지더니 한 말씀 하셨다. 그 말을 여전히 잊
을 수가 없다.
"살아보니까 별거 없어요. 그냥 내 옆에 내 사람만 있으면 어떻게든 살
게 돼요. 그게 거의 인생의 전부예요."

그날 밤, 다시 부부의 집으로 돌아와 나는 잠들지 못하고 이리저리 뒤척
이다 일어났다. 달빛이 비치는 고요한 밤, 창가에 앉아 생각에 잠겼다.

살아가는 데 우리에게 필요한 게 이렇게 간단할 거라고는, 나는 미처 생
각하지 못했다.

가면을 벗고

봄, 여름, 가을, 겨울을 함께 보내며 쌓아온 제주와의 추억도 몇 번의 해가 지났다. 제주에 가지 않을 때는 원래의 나로 돌아가 집순이가 된다. 쉬는 날에는 거의 집 밖으로 한 걸음도 나가지 않는다. 한가한 주말, 하루 종일 집에서 쉬다가 찌뿌둥해서 대청소를 시작했다. 청소가 거의 끝나갈 무렵 집 안이 너무 조용한 것 같아 TV를 틀었다. 아무 채널이나 틀어놓고 방을 쓸고 있는데 가면으로 얼굴을 가리고 노래하는 프로그램이 나왔다.

한동안 바쁘던 언니가 오랜만에 저녁을 먹으러 집에 왔다. TV를 거의 안 보고 사는 언니는 〈복면가왕〉이 뭔지도 모른 채 TV를 보기 시작했다. 목소리를 듣자마자 언니가 말했다.
"저 사람 OOO 아니야?"

"맞는 것 같아."

"근데 왜 저러고 나와서 노래하고 있어?"

"〈복면가왕〉이라는 프로그램인데 나이, 신분, 직종을 숨긴 연예인들이 얼굴을 가리고 목소리만으로 평가받는 거야."

내 말이 끝나기 무섭게 언니는,

"누군지 다 알겠는데? TV 안 보고 사는 내가 알 정도면 웬만한 사람 다 아는 거 아니야?"

그렇다. 내가 생각해도 굳이 가려야만 했을까 싶은 사람이 꽤 많았다. 복면을 벗는 순간 당사자와 방청객, 모두 아주 시원하다는 생각이 든다. 생각해보면 우리 역시 참 많은 가면을 쓰고 살아왔다. 직장과 학교, 모임에서 자신도 모르게 타인이 있으면 가면을 쓰게 된다. 가면이 두꺼워질수록 거추장스럽고 힘든 건 본인이다. 온전히 가면을 벗을 수 있는 시간이 얼마나 될까? 제주에 있을 때 나는 완벽히 가면을 벗는다. 누가 보든 말든 신경도 쓰지 않는다. 이상하게 제주에서는 그게 가능하다.

일주일 후, 나는 또 다시 제주로 향했다. 오랜만에 함덕 서우봉 해변에 갔다. 여기를 처음 왔을 때 해변가의 좁은 길과 상점들을 보고 강릉이나 동해에 온 것 같은 기분이 들었다. 뒤를 돌아보고 이국적인 야자수 나무와 에메랄드빛 바다를 보고서야 그런 생각이 싹 사라졌다. 새하얀 백사장과 바다가 하트 모양을 연상시키고 잔잔한 호수 같기도 하다. 바다를 한눈에 내려다볼 수 있는 서우봉을 걷는 것도 꽤 상쾌했다.

산책로를 걷다가 벤치에 앉았다. 바로 앞에 바다가 있어서 좀 쉬었다 갈 생각이었다. 마침 나와 비슷한 또래의 아가씨가 혼자 여행을 왔는지 옆에 앉았다. 아주 발랄한 그 아가씨는 바나나 우유를 하나 건네면서 이런저런 얘기를 했다. 그중에 사생활이나 나에 대해 묻는 얘기는 없었다. 그저 자기가 제주에서 며칠째 지내고 있다는 얘기였다. 그래서 가면을 쓸 필요 없이 편했다. 조금 서먹할지는 몰라도 배려와 적당한 침묵이 좋다. 숙소는 어딘지 묻고 서로 반대 방향이라 즐거운 여행이 되라며 인사하고 떠났다.

민박집에 들어가 아무것도 하지 않고 멍하게 누워 있다가 잠이 들었다. 새벽에 깨어나 침대에서 뒹굴다 아침은 성게미역국을 먹을까, 전복죽을 먹을까 고민했다. 고민하다 배고픔이 극에 달해 대충 옷을 걸쳐 입고 길을 나섰다. 그곳에서는 나를 가리고 억지로 꾸며야 할 이유가 없다. 그냥 있는 그대로 자연스러운 내 모습으로 다닌다.

계속 가면을 덧쓰며 한 방향으로만 살아왔다. 그 가면 좀 진작 벗어던졌으면 여러 길이 보였을 텐데 실패 없는 인생이고 싶어 남들이 가는 길로만 갔다. 그게 최선이라고 생각했다. 그 길 끝에 뭐가 있는지도 모른 채 진짜 나를 감추며 살았다. 그 결과 나도 내가 누군지 잘 모르겠다. 늘 가면을 쓰고 살아온 나는 누구일까. 내 안의 나는 외롭다. 다른 것에 홀려 자아를 돌보지 않았다. 학교에서 배운 것은 인생은 성적순이라는 것, 사회에서 배운 것은 인생은 경쟁의 연속이라는 것뿐이었다. 공통점은 하고 싶은 일보다는 해야 할 일이 우선이고, 다른 사람보다 뛰어나야 한다고 했다.

누구나 자신만의 아름다움이 있을 것이다. 그런데도 우리는 다른 누군가에 의해 계속 가면을 덧쓰고 감추며 살고 있다. 이렇게 내가 아닌 다른 무언가로 변해가는 건 아닐까.

숨 쉬는 행복

돌림노래 같은 일상 속에서 회사의 일들은 나를 자꾸만 움츠러들게 한다. 특별한 이유 없이 죄인이 되어야 하는 순간들, 갑과 을로 정확히 구분된 계급사회. 다 벗어던지고 그냥 자연 속에 편히 숨 쉴 수 있는 제주에서의 시간이 소중한 이유다.

한 주 동안 너무 힘들었다. 제주에 가서 아무것도 하지 말고 쉬자 생각하면 뭔가 하고 싶고, 뭔가 하려고 하면 쉬고 싶다. 스트레스는 단순하게 푸는 게 좋다고 스스로 위로한다. 작정하고 소문난 맛집을 찾아다녔다. 그래, 원 없이 먹어보자.

아침 비행기로 제주에 날아갔다. 렌터카 업무 시작하는 시간에 딱 맞춰 도착해 제일 먼저 차를 받고 망설임 없이 서귀포로 향했다. 거의 일 년

만에 녹차의 맛을 느끼러 '오설록'에 들러볼 생각이었다. 녹차 아이스크림과 롤 케이크에 반해 자주 가겠다던 다짐은 오름과 작은 마을 곳곳을 여행하며 멀어졌었다. 아직 오픈도 안 했는데 사람이 꽤 많다. 이곳은 여전히 푸른빛이 찬란하다. 눈이 맑아지고 편안해지는 느낌, 하나도 변한 게 없다.

롤 케이크 나오는 시간에 맞춰 줄을 섰다. 케이크 한 조각 먹겠다고 기다리는 게 이해가 안 되는 사람도 있겠지만 여기에 오면 그렇게 된다. 오랜만에 맛보는 진한 녹차의 향과 맛, 여기만의 크림까지 그냥 참 좋다. 창밖의 푸른 배경이 어딘지 모르게 낯익다. 아, 윈도우 배경화면이구나. 혼자 피식 웃었다. 매일 아침을 이런 곳에서 시작하는 사람들은 기분이 어떨까.

오랜만에 전망대에 올라 제주의 모습을 바라봤다. 예전처럼 한적한 공간
이 되지 못해서 아쉽지만 사시사철 푸르고 따뜻한 느낌을 받을 수 있는 곳
이 있어서 참 다행이라는 생각이 들었다. 저 멀리 보이는 한라산도 반갑
고 한눈에 들어오는 넓고 넓은 녹차 밭도 당장 뛰어나가고 싶게 만든다.
이제 부지런히 움직여야겠다는 생각에 다시 운전대를 잡았다. 여기서 멀
지 않은 곳에 TV에서 소개한 맛집이 있어서 점심은 거기로 결정했다.

자투리 고기가 맛있다는 '명리동식당'은 방송의 힘인지 오픈도 하지 않
은 시간인데 줄이 길다. 조금 이르지만 일찍 가서 조용히 기다리겠다는
생각이 여기서 먹어야 하나 말아야 하나라는 고민으로 바뀌고 있었다.
급한 일도 없는데 기다리자 생각하고 식당 앞에 서자 번호표를 받아야
한단다. 숫자에 정해진 나의 운명이라니. 조용히 10번을 받아들고 줄을
섰다. 앞에 선 9번 부부의 대화가 들렸다.
"아니, 뭐가 얼마나 맛있다고 이렇게 기다려서 먹어야 되는 거야?"
남자는 기다림이 귀찮고 싫었나 보다. 여자가 말한다.
"이렇게 줄을 서서 기다리는데도 사람들이 굳이 여기서 먹겠다는 거 보
면 엄청 맛있을 것 같지 않아?"
"맛없기만 해봐. 가만 안 둬."

저런 마음으로 먹는 음식이 뭔들 맛있을까 싶었다. 작정하고 안 좋은 점
만 보려고 기를 쓰는 우리의 모습 같기도 하다. 순서가 되고 식당으로 입
장(?)하는 순간은 뭔가 큰 이벤트에 당첨되어 선물을 받으러 들어가는

기분이었다. 고기를 먹으면서 9번 부부의 모습을 힐끔힐끔 봤다. 남자
는 아무 말 없이 입이 찢어지게 고기를 우걱우걱 씹었고, 여자는 그런 남
편이 못마땅한지 한심하게 쳐다본다. 저렇게 맛있게 먹을 거면서 이왕
기다리는 거 좋은 마음으로 기다렸으면 좋았겠다. 환상적인 고기 맛에
과식을 했다. 자연스레 또 걸어야겠구나 했다. 가까운 곳에 환상숲 곶자
왈 공원이 있었다. 숲(곶)과 수풀이 우거진(자왈)의 합성어라고 한다. 이
름 때문에 한 번쯤 가봐야겠다고 생각했던 곳이다.

나무와 식물에 대해 설명해주는 가이드가 있는데 마침 내가 도착했을 무렵 시작하고 있었다. 숲이 우거져 햇빛도 막아주고 바람이 솔솔 불어 적당히 시원했다. 나무를 타고 올라가는 식물들이 많아서 나무가 숨 쉬기 답답하지 않을까 걱정됐다. 바위틈으로 뿌리를 뻗고 자란 나무들의 견고함이 느껴져 돌보다 강한 나무의 힘을 느낄 수 있었다. 이곳은 패션 화보나 광고 촬영지로도 유명한 곳이라고 한다. 어쩐지 걷다 보면 신비한 느낌이 들더라니. 흙은 돌이 부서져 만들어진 거라서 일반 산의 흙과는 조금 달랐다. 특별할 건 없지만 숲속에서 보내는 잠깐의 시간이 머리와 배를 가볍게 해줬다.

환상숲 곶자왈 공원에서 나와 신창풍차 해안도로를 달렸다. 그냥 지나칠 수 없는 하얀 등대를 향해 다리를 건넜다. 다리에서 바라본 여러 가지 파란빛이 섞인 바다가 신비로웠다. 아침부터 하루 종일 어딜 가도 줄을 서고 기다린 탓에 저녁은 바로 먹을 수 있는 음식으로 정했다. 호불호가 갈리지만 나는 제주에 와서 가장 많이 먹은 음식 중 하나가 고기국수다. 진한 국물에 쫄깃한 면발, 돼지고기 수육이 올라간 제주의 고기국수는 언제 먹어도 든든하고 맛있다.

몇 달 전 제주시내에서 고기국수를 먹었다. 인터넷으로 잘 알려진 국수집과 그렇지 않은 국수집이 바로 옆에 붙어 있었다. 나도 당연히 잘 알려진 곳으로 갔지만 줄이 너무 길어서 잠깐 망설이다 알려지지 않은 옆 식당으로 갔다. 한 명도 없는 식당에서 나 혼자 고기국수를 주문했다. 괜

히 걱정이 됐는데, 그 걱정은 아주머니와 얘기를 나누면서 사라졌다.

"아가씨도 옆집 가려고 왔나 보네. 사람이 너무 많죠?"

먼저 말을 걸어주신 덕분에 나도 편하게 얘기했다.

"네, 그렇긴 한데 뭐가 많이 다른가요?"

"아니요, 재료나 뭐 다 똑같은데 우리 집은 너무 옛날 식당 같아서 그런지 잘 안 들어오더라고."

아무래도 제주에 젊은 사람들이 많이 몰리면서 식당외관이 신경 쓰이신다고 했다. 정성껏 만들어주신 고기국수는 아주 맛있었고, 그 뒤로도 나는 그 식당을 몇 번 더 방문했다. 그때부터 고기국수는 크게 신경 쓰지 않고 아무 곳에서나 먹는 편이다.

30여 분쯤 달렸을까, 국수집이 하나 보였다. '거멍국수'. 처음 들어본 음식점이지만 걱정 없이 들어가 고기국수를 주문했다. 뽀얀 고기국물의 국수가 나오고 남김없이 싹 비웠는데 속이 편하다. 줄서서 기다리지 않고 먹어도 맛만 있다. 맛집이 따로 있나 하는 생각이 들었다. 맛집이라는 곳에 가서 기다리다 보면 기다림의 보상을 받아야 한다는 생각이 드는 건 어쩔 수 없다. '기다림'의 시간이 길면 길수록 '보상 심리'가 강해진다. 맛집이라고 해서 굳이 평가하려고 하지 말고 있는 그대로 맛있게 먹는 건 어떨까. 매사에 너무 큰 기대를 하면 힘들어지는 건 당사자다. 기대한 만큼에서 조금이라도 마음에 들지 않으면 실망할 뿐이다. 굳이 그런 감정을 스스로 계속 느끼게 할 필요는 없다. 그것도 결국 감정낭비다.

존재만으로
고마운 것들이 있다.

사라지지 않고 같은 자리에
변치 않는 모습으로 있는 것들

보기만 해도 좋다.

5 빛바랜 시간들

내가 배운 세상

책상 앞에 놓인 달력에는 온통 일에 대한 메모가 가득하다. 이렇게 살고
싶진 않았는데 어쩔 수 없는 현실이라 말하며 버텨온 시간들. 아무것도
적혀 있지 않은 날짜에 동그라미를 친다. 제주로 떠나는 날이다. 별 생각
없이 체크한 날짜가 제주민속오일장이 열리는 날이다. 이렇게 맞추기도
은근 어려운데 잘됐다. 큰 규모에 구경거리가 가득한 제주민속오일장은
공항에서도 가까워 이동하기 편했다. 제주를 자주 다니면서도 두 번밖에
가보지 못했는데 이번 기회에 여유 있게 시장에서 놀기로 했다.

오전 일찍 도착해 사람들이 붐비기 전에 시장에 도착했다. 해산물, 건어
물, 여러 가지 음식들, 과일, 채소, 생활용품, 동물, 없는 게 없었다. 과일
이 유난히 빛깔이 좋아 한라봉 앞에 섰다. 큰 소쿠리는 만 원, 작은 소쿠
리는 6천 원이다. 작은 소쿠리 하나 사서 1박2일 동안 틈틈이 먹을 생각

이었다. 사려고 하면 꼭 하나씩 더 얹어주신다. 이런 맛에 시장에 온다.

이른 점심으로 '땅꼬분식'을 찾아 떡볶이와 튀김으로 배를 채웠다. 별거 없어 보이는데 왜 이렇게 맛있는 건지 남길 수가 없었다. 사람이 사람을 부르고, 그렇게 모인 사람들이 붐비고 정신없어도 사람 사는 냄새는 제대로 느낄 수 있다. 시장은 뭐니 뭐니 해도 사람이다. 여행객이 이렇게 많이 몰리는 시장이 또 어디 있을까. 여행객이 늘어난 만큼 시장 상인들의 매출도 조금은 올랐으면 좋겠다.

시장을 나와 대낮에 민박집에 들어가 창문을 열고 드러누웠다. 배도 부르고 나른하니 시원하고 좋다. 눈은 감았지만 잠은 자지 않았다. 그렇게 한참 시간을 흘려보내고 일어나 시장에서 사온 한라봉을 하나 먹었다. 그리고 다시 누웠다. 그렇게 반복하고 나니 심심하다. 어디 좀 가볼 참으로 가방에 한라봉 두 개와 물을 챙겨 나왔다.

언젠가부터 혼자 오름에 오르는 일이 일상처럼 느껴졌다. 매 순간 '참 좋
다'라고 감탄하게 되는 곳, 사실 혼자 보기 아까운 마음이 들기도 한다.
누군가와 함께 올라 제주의 풍경을 한눈에 담고, 풀잎들이 햇살과 바람
사이로 흔들리는 모습을 보고 느꼈으면 좋겠다. 사방에서 들려오는 새
들의 울음소리도 같이 들으면 좋을 텐데. 혼자 여행을 하면 마음속 깊숙
한 곳에 묻어두었던 두려움들이 몰려올 때가 있다. 영화 〈청춘의 증언〉
속 대사처럼 진실을 마주하는 건 두렵지 않다. 두려운 건 내 머릿속 상상
이다.

오래 걸리지 않는 아부오름에 올랐다. 동네 뒷동산처럼 보이는 아부오
름은 낮은 오름에 속하지만 정상에 서면 아름다운 능선과 올망졸망 솟
아오른 제주의 다른 오름들이 줄줄이 눈에 들어온다. 제주의 풍경을 가
득 담을 수 있는 건 기본이다. 영화 촬영지로도 유명한 이곳은 수학여행
을 오는 학생이나 관광객들에게도 인기가 좋다.

앞에 걸어가는 연인이 보였다. 이럴 때 혼자 오르는 길은 외롭다. 둘이
오르면 좋을까? 서로의 속도를 맞춰주고 응원하고 이끌어주는 것, 힘든
일이겠지만 두 사람 사이는 더욱 단단해지지 않을까 생각했다. 서두르지
않고 연인의 뒤를 따라 천천히 올랐다. 어차피 모두 정상에서 만날 테니
조금 더 일찍 가도 늦게 가도 그건 중요하지 않다. 목적지에 오르는 유일
한 방법은 왼발, 오른발을 번갈아 앞에 놓으며 걷는 일, 그것 말고는 없
다. 날마다 함께 길을 걷는 내 자신이 가장 좋은 친구가 되어줘야 한다.

빛과 바람

원래도 자주 만나진 않았지만 제주를 다니기 시작하면서 친구들을 만날 시간이 더욱 줄어들었다. 가끔 소식만 전하고 살던 친구와 아주 오랜만에 함께 식사를 했다. 친구의 관심은 오로지 제주 이야기였다. 회사와 집만 알던 내가 어딘가를 다니는 것도 신기하고, 친구 역시 제주에 관심이 많은 듯 보였다. 오래 전에 한 번 제주에 다녀온 적이 있는 친구는 유명 관광지 몇 곳 외에는 기억에 남는 게 없다고 했다.

"얼마나 좋기에 너 같은 집순이가 그렇게 계속 가는 거야? 어디가 제일 좋았어?"
친구의 질문에 어떻게 얘기해줘야 할지 몰라 잠시 망설였다.
"너도 대충 겉만 돌지 말고 진짜 제주의 속살을 보면 알 거야. 말로는 설명이 안 되고 사진으로도 다 담아올 수가 없어."

어떤 표현으로도 제주를 온전히 설명해줄 수 없었다. 제주에 대한 이야기는 계속 이어졌다.

"그럼, 최근에 제주 가서는 뭐했어?"

"마방목지에 가서 말 구경했어."

"너 동물 무서워하잖아. 그리고 구경만 하는 게 무슨 재미야."

마방목지는 한마디로 그냥 제주답다. 말을 방목하고 있어 분위기가 남다르고 정말 제주에 왔구나 하는 느낌을 들게 해주는 곳이다. 마방목지의 가장 일상적인 모습은 말들이 한가로이 풀을 뜯는 모습이다. 전망대나 옆에서 지켜만 보고 있어도 시간 가는 줄 모른다. 말들은 제주에서 나는 조랑말이고, 다리와 키는 작은 편인데 배가 좀 볼록하다. 귀엽고 순박해 보이는 것이 제주마의 매력이다. 파란 하늘에 하얀 구름, 푸른 초원, 그 위에서 뛰어노는 말, 딱 우리가 어릴 때 스케치북에 그리던 그대로다. 그때는 그림을 그리면 왜 항상 자연을 그렸는지 모르겠다. 그만큼 때 묻지 않아서 그랬을까? 제주의 자연은 내게 묻은 마음의 때를 말끔히 벗겨주고 동심으로 돌아가게 해준다. 완전히 다른 세상이다.

회사일과 집안일을 다 내려놓고 온전히 나로 살아본 적이 없다. 어려서부터 내가 밥 해먹고 아빠 식사 챙겨 드리며 살림을 했다. 제주에 가는 날에도 아빠가 드실 식사는 준비해놓고 다닌다. 어느 민박집에선가 그곳 할머니가 밥을 차려주셨을 때, 돈을 드린 것도 아닌데 왜 밥을 해주시는지 의아했다. 어릴 땐 아침에 일어나서 밥이 차려져 있어도 먹기 싫다

며 투정부리던 친구들이 부러웠다. 누군가 나를 위해 밥을 해준다는 것이 나에게는 너무나 낯선 일이었다. 처음엔 불편하기도 했다. 먹어야 하나 말아야 하나 자리에 앉기도 어색하고 죄송했다. 할머니의 정성을 무시할 수 없어 감사히 밥을 먹었다. 무슨 감정인지 가끔 목이 메어와도 꾸역꾸역 먹었다.

배를 채우고 가만히 눈을 감고 있으면 바람이 지나가고 파도소리가 들리는 고요한 마을을 느릿느릿 걸었다. 익숙해지면 얼굴에 부딪히는 바람이 너무 상쾌해서 정신을 차릴 수가 없다. 별거 없는 그 작은 마을의 모습이 아름다워 셀 수 없을 만큼 셔터를 누르고 초점 없는 두 눈으로 멍하니 바라봤다.

인적 없는 바다가 주는 느낌은 오묘했다. 가만히 앉아 돌아갈 시간이 됐다고 생각했지만 몸이 움직이질 않았다. '저 사람도 혼자 왔구나' 하고 힐끔 쳐다보면 살짝 눈빛으로 인사하고 스쳐 지나가는 타인의 미소 하나로 한없이 따뜻해지는 마음, 여행의 소소한 기쁨이다. 이른 새벽 갑자기 눈을 떠 창문을 열어보는 일이 자연스럽다. 사실 어떤 계절이든 아름답다. 자신뿐만이 아니라 나까지 아름답게 해주는 제주의 풍경 하나하나를 잊을 수가 없다.

파도처럼 자연스럽게

갑과 을의 불편한 점심식사 자리, 피할 수 있으면 피하고 싶은 세상에서 가장 맛없는 밥을 먹어야 하는 시간이다. 여름휴가를 앞두고 어디로 휴가를 가는지가 대화의 중심이었다. 베트남, 보라카이, 세부, 여기저기서 해외로 떠날 계획이라고 했다. 나는 더위에 약하고 수영도 못 해서 여름에는 놀러갈 생각을 하지 않는 편이다. 바다는 좋지만 해수욕은 싫다. 그저 앉아서 바다를 보는 게 좋지 들어가지는 않는다. 가깝게 제주에 다녀오려고 한다는 나의 말에 공격이 들어온다.

"제주도? 거기 가서 뭐해? 거기 볼 것도 없어."
"여름휴가에 무슨 제주도야. 해외로 나가야지."
"제주도 갈 돈으로 일본이라도 다녀와. 제주도에서 돈 쓰긴 아깝지."

그러는 당신들이 제주에 대해 얼마나 잘 알고 있냐고 한마디 하려다가 불편하고도 불편한 그 이름, 상사라는 이유로 관뒀다. 어차피 당신들이 먼저 휴가 날짜 정하면 나는 그 날짜를 피해 휴가를 잡아야 한다. 휴가 보너스도 당신들만큼 받지 못한다. 그러니 입 좀 다물어줬으면 좋겠다.

대부분 유명 관광지만 돌면서 제주를 한두 번 다녀온 사람들이 제주에 대해 다 알고 있는 듯 볼 거 없는 곳이라고 하면 화도 나고 한심하다는 생각도 든다. 그렇게 인생도 겉만 번지르르하게 대충 살겠지. 어차피 휴가기간에는 어딜 가도 사람들로 북적일 텐데 가보지 못한 제주의 바다에서 휴가 기분이라도 내고 와야겠다 싶었다.

뜨거운 여름의 제주공항은 휴가를 즐기기 위해 온 사람들로 가득했다. 복잡한 곳을 부지런히 빠져나와 렌트한 차를 받고 공항근처 '먹쿠슬낭' 카페로 향했다. 휴가의 시작은 애플망고 빙수다. 제주 건축문화상을 수상한, 카페 같지 않은 건물, 통유리 창가에 보이는 야자수 나무, 한쪽 벽면을 가득 채운 책까지 휴가를 즐기기에 딱인 곳이다. 우연히 한 번 가본 후로 일 년에 한 번씩은 가는 것 같다. 세월이 흐르고 사람이 변해도 이곳의 분위기만큼은 영원히 변하지 않았으면 좋겠다.

우유 얼음 위에 싱싱한 100% 제주 애플망고를 깍둑 썰어 가득 넣고 그 위에 아이스크림까지. 달콤한 망고가 눈 깜짝할 사이에 사라진다. 조금 부족하다 싶으면 오메기떡도 항상 함께한다.

이제 음악과 함께 드라이브를 즐기며 서귀포로 향한다. 피서의 기분을
만끽하기 위해 해변에 앉아 서핑을 구경하기로 했다. 제대로 여름을 즐
기는 사람들의 모습을 보는 것만으로도 휴가 분위기를 느낄 수 있다. 개
인적으로 나는 구경하는 게 더 재밌다.

색달 해수욕장에 도착해보니 벌써 많은 사람들이 서핑을 즐기고 있었
다. 생각했던 것보다 여자들도 꽤 많았다. 모래사장에는 초보자들을 위
한 강습이 한창이다. 볕이 뜨겁긴 해도 한쪽에 자리 잡고 앉았다. 보는
내가 불안할 정도로 비틀거리는 사람들. 바다 위에서 보드에 엎드려 있
다 일어나서 중심을 잡아야 하는 일이 보기에도 어려워 보였다. 보는 사
람도 오~, 어머, 어떡해, 에구에구, 혼잣말을 하게 된다.

여러 번의 실패 끝에 일어서고 중심을 잡은 사람들은 넘실대는 파도에 맞춰 균형을 잡고 즐기기 시작한다. 바다 위에서 우뚝 선 모습, 멋지다. 서퍼들이 앞을 지날 때마다 해외에 온 듯한 착각에 빠졌다. 인생 참 즐겁게 사는 사람들 많다는 것을 새삼 느꼈다.

눈치 보여 휴가도 마음대로 내지 못하고, 내가 없으면 회사가 돌아가지 않을 것 같은 착각 속에 억척스럽게 일하며 살았다. 왜 그렇게 미련하게 살았는지 모르겠다. 여기 있는 사람들은 나만 빼고 다들 자기 인생을 즐기는 것 같은데 나는 왜 그렇게 살지 못했을까. 보드 위에서 균형을 유지하려고 노력하는 것처럼, 삶이라는 파도 위에서 흐름에 따라 균형을 잘 잡아야 했다. 행복한 삶이란 놀기만 하는 삶도, 그렇다고 돈만 많이 버는 삶도 아니다. 자신의 몸과 마음이 건강한 삶이다. 일한 만큼 쉬어주는 것이 무엇보다 중요하다. 휴식이 없으면 매일 반복 되는 일에 영혼과 몸이 소진되어 아무것도 느낄 수 없는 기계적인 삶을 살게 된다.

내가 아무것도 하지 않고 해변에 앉아 있었다고 말하면 주위 사람들은 또 그럴 거다. "돈 아까워. 그럴 거면 거기까지 왜 갔어?"

신선한 공기, 바람을 맞으며 산책을 하고 벤치에 누워 음악을 듣고 싶었다. 바다가 보이는 카페에 앉아 책을 보고 마을을 걷는 시간이 그리웠다. 휴가가 규칙이 정해져 있는 것도 아니고 내가 좋으면 그만이다.

삶의 경험을 통해 성장하면서 성공의 가치나 생각이 바뀐다. 받아들이
는 과정이 혼란스러울 때도 있다. 어른이라고 생각했는데, 아직 나는 어
른이 되어가는 중인가 보다. 어른이 되어가는 과정이 삶인가 싶다.

소녀를 위한 기도

창문에 턱을 괴고 제주 하늘을 바라본다. 어두운 밤하늘에 별이 가득하다. 매일 밤, 하늘과 가까이 다락방에 누워 별을 보면 참 좋겠다. 그렇게 별 밑에서 별빛에 취해 잠들고 싶다. 그날 밤의 별과 내 마음을 간직한 채.

새벽 일찍 상쾌하게 일어났다. 이유 없이 기분이 좋았다. 새벽 드라이브를 가야겠다는 생각에 자동차 키와 휴대폰만 들고 나섰다. 이슬만 먹고 사는 여자가 되어야 할 것 같은 청정한 공기와 낮보다 더욱 싱그러운 풀을 보며 차 없는 도로를 달렸다. 적당히 휘어진 해안도로는 드라이브를 즐기기에 좋다. 운전을 썩 잘하지 못하는 나도 제주에서는 큰 문제없이 잘 다닌다.

조금 더 달리다 보니 몇몇 사람들이 걷는 모습이 보였다. 나도 차에서 내
려 모닝 산책을 했다. 빨간 등대 하나가 바다를 보며 서 있다. 등대 앞까
지 천천히 걸어갔다. 등대 위에 사람이 있어서 멈칫 했다. '소녀동상'으
로 불리는 동상이었는데 진짜 사람인 줄 알고 아주 잠깐, 저 사람은 어떻
게 저길 올랐을까 궁금했다. 동상이라는 걸 알고 혼자 피식 웃었다.

한편으론 비가 오나 눈이 오나 태풍이 부나 항상 그 자리를 지켜야 하는
운명의 예쁜 소녀가 안쓰러웠다. 매일 회사를 지켜야 했던 내 모습 같
다. 갑이라는 거센 파도가 몰아쳐도 늘 꿋꿋해야 했던 내 모습과 겹쳐 자
꾸 맘이 쓰였다. 소녀가 외롭지 않았으면 좋겠다.

옛날 하늘길이 열리지 않던 시절에 등대는 제주에서 섬과 섬을 연결해
주고 섬과 육지를 연결해주는 유일한 소통의 길이였다고 한다. 어두운

바닷길을 비춰주고 새로운 소식을 전해주는 소통의 빛. 우리 회사에도 소통이 간절히 필요한데 등대 하나 갖다 놓으면 좀 좋아질까. 회사만 생각하면 한숨이 절로 나온다.

대평리의 박수기정은 올레 9코스 중 하나로 마을 안에 위치해 있다. 산책하기 아주 좋은 명소다. 걷다 보면 여기저기서 사진을 찍으러 온 사람들을 만난다. 촌스럽게 사진을 찍지는 않겠다고 다짐했지만 어느새 나도 누구에게 질세라 열심히 찍고 있었다.

평화롭고 한가로운 풍경을 바라보며 느린 걸음으로 걷는 사소한 일이 삶을 풍요롭고 편안하게 만든다. 세상사에 지쳤을 때, 대평리에 한번 와보길 바란다. 조용하지만 거대한 자연 앞에 모든 불평불만이 깨끗이 사

라진다. 나는 바다가 사람을 위로해준다고 믿는다. 마음이 아프고 힘들 때 음악을 듣는 것처럼 여행을 떠나는 이유는 바다와 자연의 힘이라고 생각한다. 검은 바위에 부딪히는 파도소리가 유난히 아름답고 가슴 속 묵은 때를 시원하게 벗겨준다.

어두운 밤바다를 밝혀주는 등대처럼 나도 다른 사람에게 등대 같은 역할을 할 수 있었으면 좋겠다. 내가 살아있다는 느낌을 강하게 받을 것 같다. 늘 살아있는 것도, 살아있지 않은 것도 아닌 애매하고 재미없는 인생을 살았다. 여기저기 남의 인생 근처에서 기웃거리던 날들, 이젠 나 자체로 빛나고 싶다. 그 빛으로 다른 사람까지 빛나게 해주고 싶다.

한참을 걸었는데도 더 걷고 싶었다. 어디로 갈까 고민했다.
어차피 길은 정해져 있지 않다.
이 길과 내 인생길, 모두 내가 선택해서 걸어야 하는 길이다.

그곳에 멈춰서

201호와 시비가 붙었다. 벌써 세 번째다.

소음과 여러 문제가 쌓이고 쌓여 다툼은 점점 커졌다. 주차장 입구에 차를 주차해 놓은 채, 201호는 다음날 아침에 전화도 받지 않고 벨을 눌러도 나오지 않았다. 결국 건물의 모든 사람들이 출근길에 차를 못 쓰는 일이 발생했다. 201호는 앞, 뒤, 옆까지 빌라가 붙어 있는 곳에 살면서 개도 키웠다. 주말이면 개만 놔두고 놀러가는 일이 잦아 밤새도록 울어대는 개 때문에 잠을 잘 수가 없었다. 사람들을 불러 밤새도록 술을 마시며 고성을 질러 신고하기도 여러 번, 술 먹고 부부싸움을 하면 건물이 쿵쿵 울렸다.

내 또래쯤 되는 신혼부부가 사는 201호는 조용히 좀 하라는 우리 아빠를 향해 야, 너, XX새끼 등 반말과 폭언도 서슴지 않았다. 부모뻘 되는 어른에게 금방이라도 주먹을 휘두를 것처럼 대들었다. 저런 사람들을 상대하다가 무서운 일을 당하는 뉴스를 많이 봐서 피하기로 했다. 무슨 짓을 할지 몰라 불안했다. 소음 속에서 피해를 보고 살면서도 무서워서 참아야 했다. 사람은 술 먹고 고성을 지르고, 개는 밤새 울어대니 진저리가 났다.

내가 있는 곳에서 벗어나고 싶어 떠나는 도피성 여행은 좋지 않다는 글을 읽은 적이 있다. 떠난들 거기서도 해결되지 않을 거라고 했다. 하지만 나는 제주로 떠났다. 더 이상 집에 있다간 내가 먼저 미치게 될 게 뻔했다. 주말에 편하게 잠들고 싶어서, 층간 소음과 싸움이 없는 그곳으로 한시라도 빨리 가고 싶었다. 머리와 가슴 속에 잔앙금들을 털어내지 않으면 나중에 감당하기 힘들 것 같았다.

제주공항에 도착해 민박을 예약한 한경면으로 지체 없이 달렸다. 제주 시내도 빨리 벗어나 마을 안으로 들어가고 싶은 마음뿐이었다. 한경면으로 들어섰다. 한적하고 조용한, 내가 원하는 곳이었다. 차를 세우고 뭐라도 먹어야 하지 않을까 하는 생각에 음식점을 찾았다. 왠지 식당이 없을 것 같은 분위기에 다른 곳으로 가야 하나 고민하고 있을 때 아기자기한 마당이 있는 돈가스 집을 발견했다. 제주에는 돈가스 가게가 은근히 많은 편인데, 아직까지는 먹고 실망한 적이 없다. 진짜 제주 흑돼지의 힘이다.

너무 조용해서 조심스레 문을 열었다. 내가 첫 손님인가 보다. 돈가스를 주문하고 창가에 앉았다. 마을 안에 있어 바다가 보이지는 않지만 제주의 하늘과 초록 풀을 보며 자연 속에 있다는 느낌을 받을 수 있었다. 제주 분위기를 느낄 수 있는 곳은 어디든 좋다. 돈가스가 나왔다. 참 아담하구나 생각했는데 두께가 어마어마하다. 육즙도 남다르다. 어디로 눈을 돌려도 여기는 제주구나 하는 생각에 편안한 마음, 먹고 또 먹어도 질리지 않는 부드럽고 바삭한 돈가스만으로도 이미 성공한 여행이었다.

정성 가득한 착한 돈가스를 맛있게 먹고 가게 마당 벤치에 앉아 후식을 즐겼다. 둘러볼수록 별거 없는 심심한 이 마을 분위기가 좋다. 마음 편히 쉬기 좋은 아담한 마을에서 이 순간만큼은 복잡한 일들을 잠시 묻어둔다. 조용한 골목을 어슬렁거리며 걷다 보면 우리의 일상이 아무리 급해도 이런 느린 시간을 확보해야 하지 않나 하는 생각이 든다. 걷다가 다리 아프면 쉴 곳이 있듯이, 삶에서도 마음이 아플 때 쉴 곳이 있었으면 좋겠다.

경쟁 사회에서 많은 사람들의 조언과 이야기보다 더 중요한 건 자기 마음의 소리를 듣는 것인데, 그럴 여유가 없다. 그래서 나는 잠시라도 제주에 온다. 끝없이 펼쳐진 바다를 보며 바람이 들려주는 나무의 노래와 내 마음의 소리를 들어보려고 부지런히 다녔다.

비가 내린다고 햇살이 없는 것이 아니듯, 기쁨이 있다고 해서 슬픔이 없는 것도 아니다. 너무 좋아할 일도, 너무 슬퍼할 일도 없다는 걸 느끼게 된다. 꽃이 피고 지듯 우리의 인생도 아름답다가 슬퍼지기도 할 테니까.

기억합시다

어두운 새벽, 창밖의 비 내리는 소리에 잠에서 깼다. 시간을 보려고 휴대폰을 찾아 여기저기 더듬더듬. 2시밖에 안 됐다. 더 자고 싶은데 아무리 눈을 질끈 감고 있어도 다시 잠들지 못했다. 비 오니까 하루 종일 민박집에 있어야 하나, 가까운 동네 산책을 할까 고민하는 사이 아침이 오면서 빗줄기는 사라졌다.

간단히 토스트를 먹고 창문을 열어보니 언제 그랬냐는 듯 맑고 햇살까지 따뜻했다. 나가도 좋겠다가 아니라 나가야 한다는 생각에 삶은 달걀 두 개와 물을 가방에 챙겼다. 언젠가부터 내비게이션은 목적지 없이 혼자 떠들고 있다. 어느 방향인 줄도 모른 채 돌고 돌다가 도착한 곳, 저지리 마을이었다. 마을 이름이 저지리, 갸우뚱했지만 나중에 알고 보니 제주 문화예술마을로 유명했다.

유난히 푸른 나무가 많고 여유로운 분위기가 좋아 또 무작정 걷기 시작했다. 이상할 만큼 사람 한 명도 보이지 않아 대낮인데도 갑자기 무서웠다. 조용한 곳을 원하지만 너무 조용하면 무섭고, 사람들이 없길 바라지만 아무도 없는 것은 무섭다. 나의 여행 취향은 내가 생각해도 정말 맞추기 어렵다. 오름에 오르면 사람들이 조금 있을까 싶어 오름을 찾았다. 제주에서는 어디에 있든 주변에 오름이 많아서 쉽게 찾을 수 있다.

마을과 가깝고 편안하게 오를 수 있는 저지오름은 220여 종의 2만여 그루가 넘는 나무들이 있어 자연 그대로의 모습을 볼 수 있는 게 매력이다. 하늘을 덮을 정도로 우거진 나무들 속에서 미세먼지 걱정 없이 편안히 숨 쉴 수 있어 좋다. 전망대에서 내려다보는 탁 트인 넓은 들녘. 여기가 제주구나, 다시금 느낄 수 있게 해준다. 내려오는 길에는 이름 모를 꽃도 지천에 피어 있다. 예쁘면 됐지, 굳이 이름을 알려고 하지 않는다. 제주에서 누구도 나에게 이름을 묻지 않는 것처럼 이름을 안다고 해서 전부를 아는 것도 아니다.

존재만으로 고마운 것들이 있다. 사라지지 않고 같은 자리에 변치 않는 모습으로 있는 것들, 보기만 해도 좋다. 혼자 있을 곳이 필요하다는 사람들, 혼자만의 시간이 필요한 사람들에게 자연 속에서의 시간이 중요한 이유가 아닐까. 여행이 매번 거창할 필요는 없다. 집으로 돌아갈 시간에 오늘 여행이 괜찮았다고 생각되면 그걸로 충분하다.

저지리는 한국에서 가장 아름다운 마을로 지정된 곳이다. 저지오름은 우리나라 아름다운 숲 전국대회에서 대상을 받은 곳으로 한번쯤 꼭 걸어봐야 한다고 하더라. 아름다운 곳이 넘치게 많은 제주에서 전형적인 산간마을로 한경면 가장 높은 지대에 자리 잡고 있다. 사람이 빚고 만든 숲길이라고는 믿어지지 않을 만큼 원시림이다.

제주 4.3사건 때 마을이 통째로 없어졌다. 정부는 제주 해안에서 5km 안쪽에 있는 내륙마을을 빨갱이 소굴이라는 이유로 모두 불태워버렸다. 마을 사람들은 모두 강제 이주하게 되었고, 잠잠해진 뒤에야 고향으로 돌아올 수 있었다. 아픈 역사 속에서 마을 사람들은 함께 뭉쳐 아름다운 마을과 가장 아름다운 숲길, 저지오름을 만들었다.

올레길을 걷고 자연 속에서 휴식을 취하며 에메랄드빛 바다를 볼 수 있는 일은 정말 행복하다. 그리 멀지 않은 곳에 제주가 있는 것은 우리에게 큰 축복이다. 이 모든 혜택은 많은 사람들의 희생과 슬픔을 딛고 그 자리에 있다는 것을 기억해야 한다.

아름다운 제주가 자연의 모습으로 보존될 수 있기를,
4.3의 아픈 상처도 조금씩이나마 치유되기를 바란다.

가만히 두세요

아직 사람들에게 잘 알려지지 않은 곳이라고 하면 더 깨끗한 자연을 만날 수 있을 것 같아 빨리 가보고 싶은 마음이 든다. '내비게이션에 나오지 않는 곳'이라는 한마디에 꼭 가보고 싶었던 청정 제주의 숨은 비경을 우연히 알게 됐다. 3년 전 어느 봄날, 관광객은 물론이고 제주 사람들도 거의 가지 않는다는 비밀의 장소인 냇길이소를 향해 서귀포로 향했다. 가는 길 중간 중간 예쁜 곳이 보이면 경치를 보며 쉬었다 가기를 반복했다. 어딜 가도 단체 관광객이 많아서 오늘은 그냥 좀 공복으로 버텨볼까도 싶었지만 걷기 위해서라면 먹어야 했다.

모닥치기를 먹기 위해 분식집에 들렀다. 제주에서는 분식하면 흔하게 떠오르는 것이 모닥치기다. '모닥'은 '한꺼번에'라는 뜻이다. 모닥치기는 제주 말로 '여러 개를 한 접시에 모아준다'는 뜻인데, 명절 음식이 남아

서 한 접시에 모아 먹은 것에서 유래되었다고 한다. 남은 명절 음식을 모아 먹은 것이 분식의 재탄생이 되었고, 유명한 분식집은 줄을 서서 먹을 정도로 인기도 많다. 한 접시에 떡볶이, 김밥, 튀김, 달걀, 어묵, 소면, 만두, 김치전 등이 '모닥' 들어있다. 특이한 점은 김치전이 들어가도 느끼하지 않고 또 소면을 넣는다는 것, 떡은 한 번 튀겨서 나온다. 일반 떡보다 식감은 훨씬 좋지만 칼로리는 나의 몫이라는 것을 기억해야 한다.

옆 테이블에 앉은 여중생들이 모닥치기를 둘러싸고 재잘재잘 떠드는 소리가 들렸다. 분식을 앞에 두고 나누는 여중생들의 대화는 내가 그 시절에 했던 얘기들과 크게 다르지 않았다. 시간이 흐르고 지역이 달라도 사람이 자라는 모습은 어쩜 이렇게 똑같을까. 그 나이 때 꼭 해야 하는 일처럼 느껴졌다.

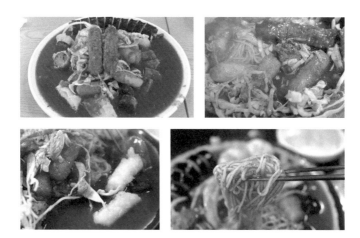

배를 채우고 강정마을로 향했다. 냇길이소는 내비게이션에 나오지 않는 곳에 위치해 있어 내비게이션이 알려줄 수 있는 곳은 강정마을까지였다. '목적지에 도착했습니다'라는 안내가 나오는 곳은 돌하르방 다리가 보이는 '제2강정교'였다. 마을은 깨끗했고 도로나 주택들도 가지런히 정리되어 시골 마을인데도 깔끔한 느낌이었다.

여기서 뭘 어떻게 해야 하나 막막했지만 메모한 대로 천천히 걷기 시작했다. 조금 걷다 보니 '상수원 보호구역'이라는 파란색 안내문이 보였고, 바닥에도 위치 표시 같은 뭔가가 있었다. 느낌상 잘 찾아온 것 같았다. 나무 길을 따라 조금 더 걸어가면 초록색 철문이 나온다. 왠지 들어가면 안 될 것 같은 분위기인데, 문이 열려 있었고 앞에 어느 중년 부부가 들어가는 모습이 보였다. 조용히 뒤따라갔다.

처음엔 몰랐다. 이 초록색 철문을 열고 숲으로 들어가면 새로운 세상이 펼쳐진다는 것을. 자연스레 만들어진 길을 따라 걸어갔다. 숲을 지나자 나무들 사이로 쪽빛 물이 조금 보이기 시작했다. 살짝 수줍게 고개 내민 듯이 보이는 물빛에 마음이 급해졌다. 하지만 최대 난코스가 기다리고 있었다. 냇길이소는 절대 호락호락하게 자신의 전부를 보여주지 않았다. 조금 가파른 절벽 같은 곳을 밧줄을 타고 내려가야 한다. 누구나 갈 수 있는 높이지만 처음 해보는 일에 겁이 났다. 조심조심 내려와서 바위에 앉았다. 내 눈앞에 펼쳐진 풍경에 여기가 우리나라가 맞나 싶은 생각이 들었다. 천상의 세계가 이런 곳이겠구나 하는 생각이 들 정도로 아름다운 장소였다.

강정마을은 큰 강(江) 물가 정(汀), 물이 유명한 마을이다. 강정마을 안에 자리 잡은 냇길이소는 강정천의 수원으로 사시사철 푸른 물을 간직하고 있다. 폭포, 암벽, 은어, 깨끗한 물, 이 네 가지가 '길상'이라 하여 이름이

붙여졌다. 한라산에서 내려온 물이 강정마을 인근에서 솟아오르며 천연 폭포를 만들고 작은 호수를 형성한 곳이라고 한다. 마을 깊숙이 이렇게 꽁꽁 숨어 있으니 동네를 잘 아는 사람이 아니면 누가 이곳을 찾아낼까 의문이 들었다. 이곳은 상수원 보호구역이자 서귀포 주민들이 먹는 상 수원이기 때문에 많은 사람들이 오가는 건 조심스러운 일이다. 그래서 수영, 목욕은 물론 어패류를 잡거나 양식하는 행위, 야영 또는 취사 행 위가 엄격하게 제한된다.

커다란 암벽 뒤로 푸른 나무들이 우거져 한 폭의 그림을 연출했다. 그렇 게 자연에 둘러싸여 물소리와 바람소리를 가만히 들을 수 있는 나만의 공간이 생긴 듯했다. 물이 얼마나 깨끗하고 맑은지 물속이 훤히 비쳤다.

자연이 만들어낸 빛은 그 어떤 보석보다 값지다. 소중하게 지켜야 한다
는 책임감이 들 정도로 지켜주고 싶었다. 숨은 명소가 아니라 숨겨져야
하는 명소다. 작은 마을 안에 들어 숲을 지나야 만날 수 있는 냇길이소는
왜 이렇게 보이지 않는 곳에 숨어 있을까? 간혹 들리는 새소리에도 놀랄
만큼 고요하다. 평화란 이런 것이다. 물소리만 들리고 모든 잡념들이 순
식간에 사라진다. 이렇게 물소리를 귀 기울여 들어본 적은 없었던 것 같
다. 한참을 그렇게 귀를 열고 잠시 물소리에 함빡 젖어 들었다. 아주 당
연하게 시냇물은 졸졸졸, 파도소리는 철썩이라고 알고 살았지만 아무리
들어봐도 물소리는 글과 말로 담아낼 수가 없다.

물빛 번지는 호수와 호수에 비추는 총천연색 빛은 동화 속 나라에 들어
온 것 같았다. 선녀가 몰래 내려와 목욕을 하고 가진 않을까 하는 생각

이 든다. 저절로 어린 시절이 떠오르는 아무것도 꾸밈없는 순수한 공간
이었다. 어릴 때 얕은 계곡에 내놔도 무서워서 목 놓아 울던 나는 지금
도 여전히 겁쟁이다. 세상이 내게서 순수함을 가져가고 겁만 남아서 지
금이 더 겁쟁이인지도 모르겠다. 이도 저도 아닌, 어쩌다 이렇게 애매한
어른으로 자라버렸을까. 나이가 들어가고 세상을 알아갈수록 순수함을
지키기가, 옳음에 대한 확신과 믿음을 지니기가 참으로 어렵다.

때 묻지 않은 겁 많은 소녀처럼 조용한 곳에 숨어 있는 냇길이소는 어린
시절의 내 모습 같았다. 항상 누군가의 뒤에 숨어 말 없던 아이. 먼저 다
가와서 손 내밀어주는 사람에게 나를 보여주는 것이 쑥스러워 살짝 보
여주고 숨던 아이. 그렇게 잃어버린 나의 순수함을 찾아주는 냇길이소
에 계절이 바뀌고 한 번, 삶에 지쳐 세상이 싫어졌을 때 또 한 번 찾았다.
언제든 만날 수 있을 거라고 생각했던 냇길이소는 출입 금지 구역으로

바뀌어 있었다. 무슨 일이 있었던 걸까. 조금씩 알려지면서 사람들의 손때가 묻고 쓰레기가 쌓이며 자연이 훼손되기 시작하자 주민들이 이런 결정을 내렸다고 한다. 굳게 닫힌 문은 어차피 지난 시간, 어린 시절로 돌아가지 못한다고 말해주는 것 같았다. 괜히 손잡이만 만지작거렸다. 세상을 향해 마음의 문을 꽁꽁 닫아버린 그때의 내 모습 같아서 안쓰러웠다. 순수했던 어린 시절로 돌아갈 수 있는 시간도, 냇길이소를 볼 수 있는 길도 모두 닫혀버리고 말았다.

돌아서고도 자꾸 뒤를 돌아보게 되는 아쉬움은 어쩔 수 없었지만 주민들의 마음을 이해하고 존중하고 싶었다. 출입 금지 팻말을 무시하고 들어가는 사람들이 보였다. 너무 힘들고 지쳐 쉬고 싶으니 날 좀 내버려 두라고 해도 귀찮게 하던 사람들 같다. 냇길이소에게 휴식을 좀 주면 안 될까. 제발, 나의 어린 시절이 더 이상 때 묻지 않게 가만히 두세요.

강정마을의 평화가 지켜지기를 간절히 소망한다. 언제 다시 볼 수 있을지 모르지만 그 시간이 빨리 오지는 않을 것 같다. 검게 물들이는 건 쉽지만 다시 하얗게 만드는 건 어려운 일이니까. 안녕. 다시는 만날 수 없는 나의 어린 시절, 냇길이소.

뜨거운 나날들

인생이라는 게 언제나 내 노력을 알아주는 건 아니다. 안 되는 것에 미련을 두지 않고 빨리 포기해버리는 나이가 되고 있지만 제주는 아직 포기하지 못하고 산다. 아직 걷고 싶은 해변이 있다는 건 내게 여행이 남아있다는 말이고, 햇볕에 눈이 부셔도 바다에 머무는 햇살은 반짝거릴수록 아름답다.

한 손에는 보리빵, 다른 손에는 우유를 들고 무작정 걷기만 했던 날도 좋았다. 다리에 쥐가 나고 골반이 당길 만큼 걸어도 또 걷고 싶었다. 잠시 한눈을 판 사이 잘못 들어선 길에서도 당황할 새 없이 또 다른 풍경에 넋을 잃기도 했다. 같은 장소를 다시 가도 계절, 날씨, 바람, 소리 때문에 다른 느낌을 받는다. 나는 오늘의 제주 모습이 늘 궁금하다.

일상의 지루함에 감정이 메마르면 제주에 간다. 이렇게 대책 없이 어딜 다녀본 적이 없어서 모두들 나의 용기에 놀라워했다. 사실 그들보다 겁이 났던 건 나다. 낯선 사람들 사이에 홀로 서 있는 일이 처음부터 쉽진 않았다. 돌아다닐수록 세상은 내가 아는 것보다는 모르는 것이 훨씬 많아서 낯설고 어려웠다. 그렇게 길을 걷고 또 걷다 보니 낯선 것들이 일상이 되어 가고 있었다.

금능 으뜸원 해변도 그렇게 처음 가게 되었다. 별 생각 없이 지나던 길에 유난히 투명한 바다에 반해 한참을 머물렀다. 바다만큼 모래가 많다고 느낀 건, 바닷속이 훤히 보여서 그런 건지도 모르겠다. 다른 해변보다 눈부시게 맑고 모래가 많은 느낌이다. 수심이 얕아 내가 유일하게 겁 없이 발을 담그는 곳이기도 한데, 아이들과 가족 단위의 사람들이 많이 있는 이유가 그것 때문일 거라 생각했다.

바다는 바람과 파도의 힘에 따라 여러 가지 얼굴을 보여준다. 다른 해변에 비해 높지 않은 옥빛파도는 잔잔함으로 여행자를 감동시키기에 충분하다. 파도가 밀려오고 가듯이 나도 얻은 것과 잃은 것이 있을 거다. 아주 자연스러운 것이지만 그것조차 그대로 받아들이지 못했다. 나의 마

음은 작은 바람에도 수없이 흔들렸고, 반복적인 일상에 신물이 나면서
도 변화는 두려운, 정말 그릇이 작은 사람이다.

저 멀리 보이는 비양도까지 걸어갈 수 있을 것 같은 착각이 든다. 이렇게
훤히 속을 보여줘도 되나 싶다. 생각해보면 그렇게 속을 다 보여줘도 남
에게 부끄럽지 않으니 그만큼 깨끗하고 투명한 아이로 보이기도 한다.
누구나 자신의 모습을 다른 이에게 모두 보여주는 것은 무섭다. 100%
자신 있고, 완벽할 수 없기 때문이다. 하지만 자기의 잘못이나 부족함을
모두 보일 수 있다면 더 자신 있고, 완벽해질 수 있는 기회가 생기기도
한다. 남들에게 밝힌 부족함이 부끄러워 더 열심히 살려고 노력할 수도
있다.

오며가며 가끔씩 이곳에 들러 쉬곤 했다. 야자수와 바다를 한눈에 담고 있으면 여기가 외국인지 한국인지 착각에 빠질 만한데, 그 착각은 해녀 상이 금방 바로 잡아준다. 살짝 외로워 보이지만 바다에서만큼은 누구보다 든든한 해녀의 모습이 제주라는 것을 똑똑히 각인시켜준다.

근처 민박집을 예약한 날, 씻고 나와서 우연히 창문으로 금능 해수욕장의 일몰을 보게 됐다. 한 번도 그 좋은 일몰을 사진으로 담지 못했으니 도전해볼까 잠시 망설였다. 걸어서 3~4분인 곳이라 이번만큼은 놓치지 않으려고 대충 옷을 걸쳐 입고 뛰어나갔다.

수많은 연인들과 사진 찍는 사람들이 있었지만 일몰 앞에서 모두 말이 없어진다. 고요했다. 잠시 사진 몇 장만 찍고 들어가겠다던 나도 30분이나 멍하니 서서 바라봤다. 내일이면 서울로 돌아가야 한다는 사실이 속

상했다. 제주에 있으면서도 제주로 오고 있는 사람들이 부러웠다. 나보
다 하루는 더 이곳에 머물다 갈 테니까.

사람 마음이 참 간사하다. 꽃이 필 때는 제주의 봄이 가장 아름답고, 해
안도로 드라이브를 즐기기 좋을 때는 여름이 좋더니, 억새가 한창이면
가을이 좋고, 지금은 일몰을 보는 순간이 가장 아름답다.

Epilogue

당신의 마음, 안녕한가요?

여전히 제주살이는 나의 로망이다.

여러 사정으로 실행에 옮기고 있지 못하지만 아직 그 생각을 접은 건 아니다. 오히려 더욱 간절해지고 있다. 제주에서 살아보면 이 그리움이 다 채워질 수 있을지 모르겠다. 녹록치 않은 현실에 바로 이룰 수 없는 꿈이기도 하다. 한편으로는 이렇게 좋은 풍경을 앞에 두고 살면 일을 할 수 있을까 의문이다. 더 힘들지도 모른다.

나는 밖에 잘 나가지 않는다. 집에 박혀 책을 보거나 영화를 보고, 글을 쓰는 게 좋다. 회사와 집만 오가는, 답답할 정도의 바른생활만 하고 살았다. 그런 내가 제주에 빠져 혼자 다니기 시작하니 걱정의 소리도 컸다. 그렇게 걱정하는 소리가 아니라도 솔직히 겁났다. 조금씩 혼자서도 할 수 있는 일이 많아지니 모든 것이 후회투성이다. 솔직하지 못한 것, 가슴이 이끄는 대로 발을 내딛지 못한 것, 자존심에 용기내지 못한 것들을 이제는 할 수 있을 것 같은데 너무 늦어버렸다는 생각이 들었다.

기쁠 때 진짜 축하해주는 사람, 슬플 때 진심으로 같이 울어주는 사람이 진짜 있을까. 나는 믿지 않았다. 그래서 힘들어도 누군가를 부르지 않았고, 다른 사람의 힘겨움도 함께하고 싶지 않았다.

너무 오래 걸어서 발가락이 아프고 땀으로 범벅이 되면, 시원한 나무 그늘 아래 앉아 휴식을 취하는 것으로 충분히 편안했다. 불도 켜 놓고 휴대폰을 손에 쥔 채 기절하듯 잠들었다 일어나도 내 모습이 하나도 이상할 게 없었던 날들. 제주에 있는 나와 그때의 내 마음을 참 좋아한다.

어딜 가도 이름을 묻지 않고, 뭐하는 사람인지, 나에 대해 알려고 하는 피곤한 일들이 없었다. 제주에서만큼은 세상의 온도와 상관없이 내 마음의 온도는 항상 따뜻했다. 늘 세상에 숨겨져 있는 비밀의 장소에 있는 듯했다. 아무것도 하지 않아도 내가 나인 채로 지낼 수 있었던 시간들이, 이력서 한 줄 더 채우려고 아등바등 대며 살던 시간보다 훨씬 편안했고 행복했다.

작정하고 떠나는 여행보다 어정쩡한 날, 아무날도 아닌 날에 하는 게 진짜 여행이라는 생각이 들었다. 많은 사람들이 내게 제주에서 어디가 제일 좋았는지 묻는다. 원하는 대답은 아니겠지만 나는 민박집 창문 앞이 가장 좋았다. 여러 장의 담요를 몸에 두르고 쪼그려 앉아 제주를 한눈에 담을 수 있는 곳은 민박집 창문 앞이었다.

우리는 하루에도 수십 번씩 선택을 위해 고민한다. 제주에서는 선택의 폭이 좁다. 그래서 버릴 것도 적다. 변덕스러운 날씨 때문에 고민할 수는 있지만, 제주 날씨는 예기치 않은 상황에 적응할 수 있는 나로 만들어주었다. 남자를 사랑하는 법은 조금 사랑하고 많이 이해하고, 여자를 사랑하는 법은 많이 사랑하고 함부로 이해하려 들지 말라는 말이 있다. 나는 제주를 다니며 남자를 사랑하는 법을 조금씩 알아가고 있다. 제주에서는 아무리 좋아도 이해해야 할 것들이 많다.

자갈밭에 씨 뿌리고 거두어도 늘 배고픔에 시달려야 했던
제주 사람들의 생명력을,
'바람'을 이해하지 않고는 이야기할 수 없다.
한겨울 칼바람 속에서도 무자맥질하는 해녀들의 강한 생명력을,
'바람'을 이해하지 않고는 헤아릴 수 없다.
- 김영갑 〈바람에 실려 보낸 이야기〉에서

힘들 때마다 나를 보듬어준 제주의 오름과 마을의 골목길에 고맙다. 차가운 카메라에 담을 수 없었던 곳은 내 눈에 담고 마음에 새겼다.
제주 어느 마을에 쓰여 있던 말처럼,

무사 경 조들암시니(왜 그렇게 걱정하고 있니?)

사실 지나고 보니 별거 아닌 일이 더 많았다. 걱정을 스스로 만들었는지도 모르겠다. 주위의 기대에 얽매여 타인의 삶을 살고 있다면, 한 번쯤 혼자만의 시간을 갖고 자신과 마주할 수 있기를 바란다.

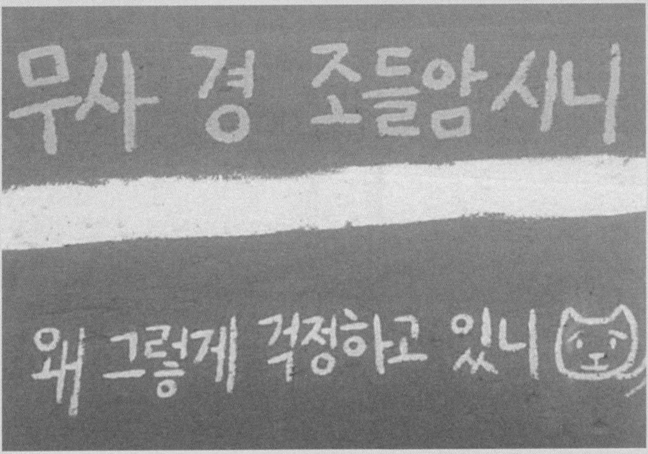
무사경 조들암시니
왜 그렇게 걱정하고 있니

제주, 그곳에서 빛난다

2017년 10월 25일 초판 1쇄 인쇄
2017년 11월 1일 초판 1쇄 발행

지은이 | 조연주
펴낸이 | 이준원
펴낸곳 | (주)황금부엉이

주소 | 서울시 마포구 양화로 127 (서교동) 첨단빌딩 5층

전화 | 02-338-9151
팩스 | 02-338-9155
인터넷 홈페이지 | www.goldenowl.co.kr
출판등록 | 2002년 10월 30일 제 10-2494호

본부장 | 홍종훈
편집 | 신정원
교정 | 주경숙
본문 디자인 | 윤선미
전략마케팅 | 구본철, 차정욱, 나진호, 이동후, 강호묵
제작 | 김유석

ISBN 978-89-6030-495-6 03810

- 값은 뒤표지에 있습니다.
- 잘못된 책은 구입하신 서점에서 바꾸어 드립니다.
- 이 책은 신저작권법에 의거해 한국 내에서 보호를 받는 저작물이므로 무단 전재 및 복제를 금합니다.

황금부엉이에서 출간하고 싶은 원고가 있으신가요? 생각해보신 책의 제목(가제), 내용에 대한 소개, 간단한 자기소개, 연락처를 book@goldenowl.co.kr 메일로 보내주세요. 집필하신 원고가 있다면 원고의 일부 또는 전체를 함께 보내주시면 더욱 좋습니다.
책의 집필이 아닌 기획안을 제안해주셔도 좋습니다. 보내주신 분이 저 자신이라는 마음으로 정성을 다해 검토하겠습니다.